QUERIDO ASSASSINO

Obras do autor

234
33 contos escolhidos
A faca no coração
A polaquinha
A trombeta do anjo vingador
Abismo de rosas
Ah, é?
Arara bêbada
Capitu sou eu
Cemitério de elefantes
Chorinho brejeiro
Contos eróticos
Crimes de paixão
Desastres de amor
Desgracida
Dinorá
Em busca de Curitiba perdida
Essas malditas mulheres
Guerra conjugal
Lincha tarado
Macho não ganha flor
Meu querido assassino
Mistérios de Curitiba
Morte na praça
Nem te conto, João
Novelas nada exemplares
Novos contos eróticos
O anão e a ninfeta
O maníaco do olho verde
O pássaro de cinco asas
O rei da terra
O vampiro de Curitiba
Pão e sangue
Pico na veia
Rita Ritinha Ritona
Violetas e pavões
Virgem louca, loucos beijos

DALTON TREVISAN

QUERIDO ASSASSINO

3ª edição

Editora Record
RIO DE JANEIRO • SÃO PAULO
2014

CIP-Brasil. Catalogação na fonte
Sindicato Nacional dos Editores de Livros, RJ.

T739m
3ª ed.
Trevisan, Dalton
    Querido assassino / Dalton Trevisan.
    – 3ª ed. – Rio de Janeiro: Record, 2014.

    ISBN 978-85-01-02335-3
    1. Contos brasileiros. I. Título.

83-0565
CDD – 869.9301
CDU – 869.0(81)-34

Copyright © 1983 by Dalton Trevisan

Texto revisado segundo o novo Acordo Ortográfico da Língua Portuguesa.

Direitos exclusivo desta edição reservados pela
EDITORA RECORD LTDA.
Rua Argentina 171 – Rio de Janeiro, RJ – 20921-380 – Tel.: 2585-2000

Impresso no Brasil

ISBN 978-85-01-02335-3

Seja um leitor preferencial Record.
Cadastre-se e receba informações sobre nossos
lançamentos e nossas promoções.

EDITORA AFILIADA

Atendimento e venda direta ao leitor:
mdireto@record.com.br ou (21) 2585-2002.

Sumário

Um Túmulo Para Chorar   7
O Fantasma do Dentinho de Ouro   12
Onze Haicais   29
O Confessor   43
Bom, Belo e Garboso   53
Bombom de Licor   63
Fogo no Circo   76
Lição de Anatomia   86
Apanhei-te Cavaquinho   100
Nem te Conto, João   106
Com o Facão, Dói   118
Querido Assassino   124
Certo, Cara?   131
Orgias do Minotauro   138
Uma Negrinha Acenando   148
Foquinho Vermelho   152

Um túmulo para chorar

Ela começou a depilar a perna, usar batom, pintar o olho — foi a prova da traição. Se antes já desconfiava, daí não tive dúvida. Era bonita para mim, como eu a conheci. Por que se embonecar? Não precisava que ninguém olhasse para ela.

A mulher que casa não pode ficar se pintando para os outros. Ela raspava a perna mais branca e eu não gostava. Para quem iria se mostrar se não para mim? Preferia como era quando a gente se conheceu.

Assim que se empregou de secretária já não me obedecia. Me chamava de simples carpinteiro e prometia me deixar. Isso não está certo. Casou comigo e só a morte pode nos apartar.

Três anos vivemos felizes. Eu trabalhando e nada deixando faltar em casa. Menino de calça curta saí pelo mundo, ganhei sempre o meu sustento. De boa paz, só fico nervoso quando provocado.

Até o maldito emprego de secretária, ela vivia para a casa e a família. Começou a chegar tarde, era a desculpa do dentista, da costureira, da sortista. Cada vez mais faceira, só me respondia com desprezo. Andava na companhia de outros, deixada de carro ali na esquina — se eu falava, dizia que era a serviço da firma.

Voltando do trabalho, não tinha a janta na mesa. Ela me provocava, ia morar com um bonitão e largaria as crianças com a vizinha. Me chamava de caipira. Moça nova, queria aproveitar a vida. Com outro mais rico iria embora.

Antes era feliz na pequena casa de quarto, cozinha e banheiro. Eu que fiz com estas minhas mãos. Agora não bastava: um senhor de óculo oferecia apartamento se me abandonasse e fosse com ele.

Só queria saber de se pintar e se enfeitar. Com nojo de meus dentes no copo, ela dormia na comadre Chiquinha. Soberba, mandava que eu saísse de casa e aprontava a minha trouxa. Como eu podia, não eram quatro bocas em volta da mesa?

Sempre fui louco pela Maria. Antes de ser secretária, era uma santa. Passou a ganhar mais que eu e tudo mudou. Ela saía e deixava chorando e trancados em casa os dois anjinhos. Cada dia usava uma saia mais curta ou mais aberta no lado. Boquinha pintada e cílio postiço, fiz que lavasse a cara.

O patrão lhe daria um bangalô azul, eu não achava uma boa proposta? Isso foi o fim para mim. Tiro sangue das mãos e um gordo com dinheiro compra a minha mulher. Então me decidi. Se não for minha, de mais ninguém.

Sem respeitar a menina de três aninhos e o garoto de sete meses, queria sair de minissaia. Gostava de caipirinha e chegava cheirando a bebida. Aprendeu a fumar e soprou a fumaça na minha cara. Eu perdoava na esperança que ela mudasse.

Aquela noite havia pousado com os piás na vizinha. De manhã entrou em casa, eu todo encolhido no sofá.

— Seu vagabundo. Por que não foi trabalhar?

E me atirou no rosto uma caneca d'água.

— É meu esse sofá. Eu que comprei e paguei.

Saí do sofá e fui para a cama. Ela sempre a me perseguir. Tentei explicar que era sábado. Puxou a coberta e me empurrou da cama. Que eu fosse embora — e enfiando na sacola amarela a minha roupa.

Já não me queria dentro de casa. Se eu ficasse, era um guapeca lazarento.

— É isso mesmo. Estou cheia de você. Já não te disse?

Eu dava tudo para ela e perguntei o que mais queria.

— Sabe de uma coisa? Tenho mesmo outro homem. Gosto dele e você faz o quê? Não posso mais te ver.

Sem ela, o meu único amor, que seria de mim?

— Cansei de viver com um grande manso. Pegue a tua sacola. Suma-se daqui. Vá até o cemitério...

— Não fale assim, amor.

— ...e procure um túmulo para chorar. Já morri para você.

— Cuidado, Maria.

Um arrocho de goela e, alcançando na mesa a chave de fenda, arrastei-a para o banheiro. Tapei a boca e golpeei até cansar o braço. Ela ficou no chão toda ensanguentada — a vida se foi com a água suja pelo ralo da pia.

Chorando, peguei os meninos pela mão. Sentadinhos na cama, a tudo assistiam bem quietos.

— Não foi nada, meus filhos. A mãe já volta.

Bati na porta ao lado e os entreguei a dona Chiquinha.

— Matei a bandida. Era bonita e infiel. Agora a minha vez.

Mais tarde me acharam caído numa valeta. Bêbado e babando na garrafa vazia de cachaça. Com os dois retratos no peito. Um da Maria, na saia bem curtinha. Outro dos piás, que ela chamava de porquinhos.

O fantasma do dentinho de ouro

— Chorei outra vez. Qualquer dia sei o que faço. Com essa minha vida.

— Credo. Não seja louca. Brigou com ele?

— Alegrinha no baile. Fui de longuete, com abrigo, por causa do frio. Todos me olhavam. Sinal que estava bonita. Eu, ele e meu irmão solteiro. Que bebeu conhaque, misturou licor de ovo, ficou atordoado. Só olhava para a mesa das putas.

— Quais?

— As do conjunto musical. De repente enveredou para a mesa. Convidou uma para dançar. E a pistoleira, em voz alta: *Desculpe. Sou comprometida.* Sabe o que ele fez? Deu um tranco no pé da cadeira. Felizmente se conteve. Que convencida, a putinha. *Sou comprometida*, já viu?

— Por que não? A noiva do baterista. Na vida de toda putinha há um baterista.

— Ai, cidade desgraciada. De manhã o diretor telefonou ao Nando: *Quem era aquele teu convidado, que deu um pontapé na cadeira?* Daí ele explicou. E que meu irmão não estava bem. Você acha que esse doutor tem moral para falar? Bêbado também é. E aquelas filhas? Até um negro entrou na casa. Todo mundo sabe da calça que deixou no chão. Entre as camas das moças. Quem ficou nua no repuxo da praça?

— Até agora não contou da briga.

— Deixa eu te dizer. Nem as moscas podem saber que venho aqui. Sabe aquela vez que me perguntou se te vi na rua? Vi, sim. O que é que não vejo? Fingi que não. Se acontecer outra vez, não repare. Uma irmã do Nando, eu nem conheço, disse que me sondou no ônibus, cochilando. Sentiu vontade de me bater no braço. Imagine se converso com alguém. Mais inocente que seja, ninguém acredita. Sabe como foi a briga?

— ...

— A maior bobagem. Assim tudo o que me acontece.

— A nós todos.

— Ele foi sincero, foi ingênuo. Só eu, burra, não acreditei. *Sabe, Maria, uma guria me telefonou. "Como vai, moço?" Certo que era você. Me dando um trote. Até a voz era igual.* "Quem é você?" "Alguém que te conhece." *"De onde?".* "Das corridas. Ontem não esteve lá?" *Eu sempre achando que fosse um trote.* "Por que quer falar comigo?" "Te acho um bonitão."

— Epa, não era feioso?

— Escute. Uma raiva quando ele disse: *Então me dê teu telefone.* Dessa parte, João, que não gostei. Por que pedir o número, se achava que era eu? "Se pensa que sou boba, Nando, boba não nasci. Suma-se de minha vida." *Espere aí. Se acalme. Me desculpe.* Daí bati a porta e entrei.

— Como você é braba.

— Esperei o telefonema. Sabendo que ia ligar.

— E se não chamasse?

— Eu morria, mas não piava. Quando ele chamou, João, falei quinze minutos.

— Contou no relógio?

— Maneira de dizer, seu bobo. Pode ser quinze ou cinquenta. Falei sem parar. Ele, humilde, inocente, se justificando.

— Ainda fica sem ele.

E afagou de leve a bundinha.

*

— Como vai o Nando?

— Briguei outra vez. Não é que cismou com o Allan Kardec?

— Não me conte.

— Tinha prometido deixar dessa mania. Mamãe já me preveniu: *Casar com louco, minha filha, não é bom.* Ontem no telefone ele disse: *Você passou mal a noite. Estava preocupada e não dormiu.* "Que história é essa? Você dormiu comigo?" *Os espíritos me contaram. Disseram que você é mentirosa.* Fiquei fula da vida. "Não acredito em fantasma. Deus é o único em que me fio. Não venha você com essa."

— ...

— Já decidi, João, assim não me serve. Outro dia ele fechou os olhos, invocando os fluidos mediúnicos... assim que se diz?

— Bem assim.

— *Vejo um homem perto de você. Está de camisa xadrez. Tem cabelo no peito.* "Deixe de bobagem, Nando."

— E se não é?

— Até você, João? Tenho medo quando ele começa assim. Me prometeu esquecer tudo. E falando outra vez no tal Allan Kardec. Um pouco antes, tive aquela irritação no olho — você se lembra?

— Claro.

— O Nando falou que os espíritos iam me operar.

— E eles...

— Fiquei boa, isso sim, por causa do remédio. Só uma coisa não explico. Disse que assistiu à operação. Descreveu o quarto. Sem errar nada. *Tua cama perto da porta. A amiga Rosinha no outro canto. A cabeça quase coberta.* Como ele adivinhou? Assim ela dorme, de lado, cobrindo a cabeça. Só o nariz de fora.

— Sabia que tinha duas camas o quarto. O resto é fácil imaginar.

— Quando namorava o sargento frequentei um saravá. Dava um dinheirinho pela consulta. E o safado do pai de santo me dizia: *Estou vendo um rapaz moreno. Sentado num banco de praça. Abraçado com uma loira.* Saía de lá chorando.

— Tadinha do meu bem.

— Já me viu, chorando pela rua? Quase fiquei louca, João do céu. E agora esse puto inventa mais uma. O copo falante. As tais visões.

— ...

— De espírito não preciso. Estou muito bem solteira.

— Seja doce, Maria.

— O Nando jura que larga do Allan Kardec ou nosso amor acaba. Agora insiste: *Por que não me chama de querido? Que sou teu amor por que não diz?*

— Ah, bandido.

— Um olhar, um gesto sincero não vale mais? Fingir não sei, João. Você não me deixa mentir.

— Claro que deixo, amor.

*

Só de vê-la — ó doçura do quindim se derretendo na língua — o arrepio lancinante no céu da boca.

*

— Diga mais.

Ela não diz.

— Diga. Senão eu paro.

— ...

— Uma palavra tão fácil. Quatro letrinhas. Diga mais.

Se não diz, bem se contorce e suspira fundo.

— Ai, amor. Não faz mal. Eu gemo por você.

*

— Perdi a compostura. Desculpe.

*

— O Nando falou duas horas. Minha orelha até doendo.

— ...

— Sabe o que disse? *Por você desisti do Allan Kardec.* E para ele o mestre dos espíritos: *Quem era o protetor de nossa irmãzinha?* Imagine, eu irmãzinha desse bruxo. *Você namorou nossa irmãzinha. Se apai-*

xonou em vez de cuidar. Isso é contra os princípios. Sabe o que respondi? "Vá à merda, Nando. Você e teu pai de santo."

— ...

— Se queixa que, por mim, abandonou a mesa branca.

— Que mesa branca essa?

— O fantasma aparecia a quem ele mandava.

— Exibindo o dentinho de ouro?

— Ficou sem os poderes. É o que ele diz.

— Afinal se reconciliaram?

— Quer prender uma aliança no meu dedo. Que eu termine os estudos. Boba não sou. Esperar mais quatro anos.

— ...

— Fui alugada, eu sei. Mas não por muito tempo.

*

— Outro dia ele foi ao quartel. Falou com um capitão. Pediu para ver a ficha do sargento. Constava ali — e veio me interpelar — que havia internado uma criança no hospital militar. *Me conte a verdade: É filha dele?* "Dele, não sei. Filha minha, é que não. Careço provar que sou virgem?"

— A última virgem de Curitiba.

— Decerto uma sobrinha, sei lá. Teve a coragem: *Não esqueça que me prometeu a fotografia colorida.* "Se ela não queimar, Nando, é que não tenho fósforo. Pensa que vou deixar se exibir? Apontar para o meu retrato — essa foi a minha guria? Arranje outra. De mim não se serve."

— Não responde quando você fala assim?

— Só gagueja. A irmã dele, uma vez, me disse: *Você precisa ver o Nando brabo. Que ninguém chegue perto.* Já fiz tudo para ver. Acho que sou mais que ele.

*

— Se soubesse como estou triste. Vontade de me matar. Já ficou na cama, de olho arregalado a noite inteira? Pensei de enlouquecer. Bebi água três vezes. Uma hora quis sair para a rua. Precisava de espaço, de ar. Aquele quartinho de merda. Como é ruim, João, depender dos outros.

— Bem sei que é.

— Do Nando te contei na vez passada. Não parecia meu namorado. Fazendo beicinho e ares de soberbo, não se chegava. A mãe até reparou: *Que noivo é esse que não te pega?* Se ele não falava, eu muito menos. Sou a moça que ele não merece. A *miss* a que ele não tem direito. Um magricelo perebento fazendo pose para mim?

— Daí brigaram?

— Esperei que telefonasse. Não piou. Sexta eu liguei. Ele não estava. Que burra eu fui. Sexta é da sessão espírita. Garanto que lá em pleno astral, me espiando. Respondeu a velha cavernosa, nem comida sabe fazer. Ontem o fresco atendeu. No telefone tem coragem. *Sabe do quê? Um espírito me avisou. Que não dava certo. Eu não seria feliz.* Daí começou a discussão. Mais de uma hora.

— Ele não explicou por quê?

— Ficou na insinuação. Intriga, como eu detesto. Do tempo em que trabalhava no cartório.

Quando tinha dezessete anos. "Quer desenterrar defunto, homem?"

— Me contaram que uma servente abriu a porta e surpreendeu o Lulo, de olho deste tamanho, erguendo o teu vestido e apalpando o peitinho.

— Viu só? Essa maldita cidade. Se me provarem que uma única moça casou sem fama...

— Não esqueça que sou pai.

— ...eu fico nua na Praça Tiradentes. Ele não teve coragem de falar a verdade. "Tudo acabado", eu disse, "sabe o que é? Nunca mais quero te ver na minha frente. Se passar por mim, não me olhe." Daí ele: *Olhar eu posso. Quem me proíbe?* "Virar a cara também posso. Virar a cara e cuspir na calçada, para espantar teu fantasma. Você não vale nada. Não me merece. Quem está pensando que é? Até fome você passa."

— Isso mesmo.

— Sei que disse tudo. E ele só ensaiava. Decerto não estava invocado. O triste, João — por isso não dormi —, o triste é que eu telefonei.

— Ah, se soubesse das minhas vergonhas.

— Dei a ganja de telefonar. Lembrava disso na cama, tinha desejo de uivar. Já viu uma moça na rua, sozinha e chorando? Era eu, depois que desliguei.

— Grande tolinha.

— Estou pensando seriamente em morrer. Em me matar.

— Faça isso que depois se arrepende. Aí é tarde.

— Quase já fiz. Não aguento mais. Tudo contra mim. O mesmo desespero do tempo do sargento. Comprei formicida e guardei num vidrinho. No alto da prateleira. Isso no tempo da japonesa. Um rapaz, amigo da Rosinha, esteve lá e deu com o vidrinho. Atirou pela janela, quebrou a par do poste. Por que só comigo acontece?

— Até acho que do Nando você gosta.

— Não me insulte. João. Feriu o meu orgulho, será que não entende?

— Amanhã já esqueceu.

— Meu medo é o fim de semana. O maldito domingo. Ficar aqui não dá. Depois do almoço, no sábado, as portas vão baixando, fecham as lojas. Na rua aquele vazio de matinê. Acha que posso ficar num quartinho fechada? Andar sem sentido pela rua? Olhar vitrina? O pior é que tenho de ir para casa.

— Espairece ao menos.

— E lá a mesma tristeza. Quer que fique olhando para a minha mãe? Posso andar de carro com o meu irmão, de mão com minha irmãzinha. Isso resolve? Acha que vou ao baile com meu irmão? Os dois bebendo caipirinha?

— Arranje outro amor.

— Cada resposta boba, João. De outro amor não se trata. Estou falando de mim, agora. Agora estou desesperada. Quem telefonou fui eu. Isso não aceito, João.

— Seja menos orgulhosa.

— Não se espante se os jornais disserem que a moça foi encontrada morta.

— Pobre da moça.

— Ele me faz falta, João. Entende o que é fazer falta, pô? Ele me espera na chegada do ônibus. Ele vai à minha casa. Eu brigo com ele. Me leva de volta ao ônibus.

— Ele é o teu bordão.

— É o meu capacho, isso sim. Onde esfrego os meus pés. Pelo amor de Deus, João. Disso que sinto falta.

— Esteve lá no fim de semana?

— O que mais? Minha mãe toda nervosa. Quando fica assim, enxuga as mãos no avental. Molhadas ou não. De tímida que faz isso? *Ai, tão agoniada. O Beto não veio.* Gastando a mãozinha no avental. *Ele disse: "Me espere no sábado, mãe. A muda de roupa limpa. A camisa que a senhora engomou."* "Não me assuste, mãe. Já não chegam as minhas aflições? Deixe de pensar coisa ruim. Cai o raio em quem está na janela."

— E o Nando você viu?

— Nem que visse. Só na minha volta. Almocei mais cedo. Desci a pé, daquela lonjura. A sacola na mão, e uma fúria dentro de mim. Dobrei a rua e vi o carrinho azul. Devagar na minha direção. Era ele, João.

— E você?

— Cuspi na calçada. Parou a par do meio-fio. Buzinou de mansinho. Continuei andando. Ele não teve coragem de descer. Atravessei o carro por trás, fui para a outra calçada. Cabeça erguida, no meu caminho. O puto, decerto, olhava pelo espelhinho. Já chegando na praça da estação, a toda ele voltou. Só para se exibir.

Dobrou uma esquina e eu, a outra. Não olhei para trás. Juro que não olhei, João.

— Se ele aparece? E você está na janela? Vendo a chuva e ele no portão?

— Seja bobo, João. Agora me lembro. Te falei no meu desespero. Na cama, virando de um lado para outro. Bebi água três vezes. Não dormi de raiva. O que é a vida, João. Não dormir é maneira de dizer. Tem uns pedacinhos em que você apaga. Tão dentro da minha cabeça, em vez de deitar com um galã, sonhei foi com ele.

— Então conte.

— Diz que ele estava num portão. Não era lá de casa. Tinha um gramado ao lado. Diz que eu dei com ele. Que raiva, João. Foi a minha vingança. Diz que eu saí furiosa, o sapato na mão. Diz que eu o derrubei no chão. E arranquei-lhe a calça. Ele já caído, puxei assim a calça, estourando os botões.

— Há um símbolo na cena. Você queria dar para ele.

— Não me fale em símbolo, João. Ouça. Diz que eu arranquei a calça. Subi por cima dele. Aí vem o pedaço bom.

— ...

— Diz que com o salto do sapato, aquele marrom de baile, batia na cabeça dele. Acho que arrebentei a cabeça. Dava na testa dele. Que força eu tinha, João. Erguia o braço, com o sapato na mão. Descia o salto na cara do grande puto. Diz que no fim eu dava com a mão fechada.

— ...

— Engraçado, eu via o corpo dele. Como se não estivesse em cima. Aquele magricelo estendido. Ameaçando pôr a mão no rosto.

— Pare de rir, você.

— A coxinha bem branca, João. Aquela cuequinha desbotada.

— Enxugue as lágrimas.

— Acho que me aliviou um pouco. Agora me diga. Por que ele me perseguiu de carro?

— Ele e eu não resistimos aos teus encantos.

— Então estou vingada.

— Você é uma querida assassina.

— Não há de me esquecer. Esse carniça lazarento.

— Agora não fale.

— ...

— Veja como é quentinho.

— Credo, João. Só pensa nisso? É tarde. Volto amanhã. Se não aparecer...

— Ah, ingrata.

— ...já sabe que eu morri.

Onze haicais

1

— O João não sofreu. Finou-se dormindo.
— Passou mal nos últimos dias?
— Que nada. Com a visita da saúde. Até à praia foi. *Dizer adeus ao mar.* O pobre já nem enxergava — e queria se despedir do mar. Ficamos na casa da filha.
— E foi à praia?
— Fomos, eu e ele. Lá na areia, a onda molhava o pé. Ele de calção preto. *Fique a par de mim, velha.* Agarrado na minha mão. *Senão o mar me leva.*
— A vista como estava?
— Não tinha o que piorar. Ainda mais surdo. Não queria saber do aparelho. Eu me debruçava, a mão na cadeira, e lhe gritava no ouvido.
— E o apetite?

— Até comia bem. Me deixou dois lotes. *Assim não morre de fome, velha.* Da casa, mais que eu pedisse, não assinou os papéis. Até o fim não contou o segredo do cofre.

2

Queria que o moço ficasse mais tempo em cima dele. Nus e drogados. O enorme espelho ao lado da cama. Outro na penteadeira com frascos de perfume.

O moço pediu dinheiro, se divertir com as menininhas. Zangado, mesmo de costas, o doutor deu-lhe um tapa. Ele revidou com duas ou três pancadas do pesado cinzeiro na nuca. Ficasse quieto e tivesse calma. O espelho inclinado caiu sobre o velho, imóvel porém gemendo, bolhas de sangue na boca.

O moço ergueu-se e andou aflito pelo quarto. Vestiu-se e tratou de roubar alguns objetos para iludir a polícia. Recolheu anel de grau, relógio de pulso, máquina fotográfica, rádio portátil, jaqueta de couro, calça vermelha de veludo, botina, alguns discos e barbeador elétrico.

Duas da manhã, fechou a porta, desceu a escada no escuro. No carro do velho foi a um inferninho, Só bebeu, não dançou nem se demorou. No Bar do Luís comeu esganado dois pratos de canja. Por volta das quatro horas rodava de carro, pensando muito e chorando pelo crime. Chorando não pelo doutor e sim por ele.

O tira perguntou se não tinha vergonha da intimidade com um velho. Ele não queria, perseguido pelo doutor, que lhe dava presente e insistia no encontro.

Debaixo do travesseiro o pequeno tubo de creme. No caderno quadriculado, em cada página, o contorno bem desenhado em vermelho. Ali debaixo o nome e comentário entre parênteses. Os maiores com elogios, os pequenos com algum desprezo. O caderno preenchido até a última folha.

3

— Como é que o Lulo faltou?
— Era diabético. Às vezes perdia a vista. Ficava cego de relance. E da tonteira, caía.

— Sumindo a barriga.

— Aquela manhã foi ao sítio. Me pediu emprestado o caminhão. Levou a vaca de leite, o terneirinho já desmamado. Ele ia trocar de vaca. Tinha outra, com terneiro novo.

— Alguém foi com ele?

— O Carlito. Foi de companhia. E má companhia. Engraçado que eu ia viajar. Não sei por que não fui. E segui para o sítio. Quando cheguei, o Carlito veio dizendo que o Lulo não estava bem.

— Sempre foi durão.

— Encontrei-o na cozinha. "O que aconteceu, rapaz?" *Aquilo de sempre. Fui apartar o gado na beira da estrada. Fiquei cego, tonto, e caí. O Carlito nem me acudiu. Só ficou olhando de longe.* "Então vamos voltar. Já separada a vaca?" *Está no caminhão.*

— Até o fim não se entregou.

— Daí no caminhão sentamos na frente. Eu na porta, o Lulo no meio, o Carlito guiando. Sem o Lulo notar, fiz sinal que o Carlito apurasse. Quando chegamos à cidade, perguntei: "Te deixo no hospital?" E ele, voz rouca: *Quero ir para casa. Estou firme.* Fui ajudá-lo, insistiu em descer sozinho. Afastou minha mão e entrou em casa.

— Imagino o susto da família.

— De mansinho sentou-se na cama. Eu disse para a cunhada: "Enquanto mecê tira a bota, eu chamo o doutor." Mal chegava na esquina, a filha veio me avisar. Assim ele se foi.

— Na flor dos sessenta anos.

— Homem de brio, trouxe a vaca e o terneiro.

4

— O pai tinha uma serraria do outro lado do rio. O capataz era eu. Veja, o moço, como é petulante. A ambição do começo de vida.

Com a idade ele cochilava fácil. Onde se encostasse, dormia. Na tarde de sol, à sombra de uma erveira, gostoso ali no chão fofo, sonhava.

Irritado, bati no ombro do velho. Abriu o olhinho azul.

— Pai, o senhor não deve ser esquecido. Assim temos prejuízo. Não me deu o recado do gerente do banco.

Mal se ergueu no cotovelo, espiou bem quieto. Uma demora grande. Me arrependi com o simples olhar.

— Desculpe, filho. Quem sou eu. Já não me lembro.

Virou-se de lado e continuou a dormir.

5

— Achei esquisito o Pedro. Mais velho agora que o pai quando morreu. Parece um profeta. Com aquela barba branca.

— Tem nome de profeta.

— Todo magrelo e corcunda, puxando de uma perna.

— Não sabe que sofreu acidente? Faz quatro meses. Ainda não se recuperou direito.

— Logo vi.

— Tem uma chacrinha na Volta Grande. Dorme sozinho quando briga com a mulher. Naquela tarde levou um negrinho de companhia. Os dois montados. Antes foram visitar o Tadeu. Uma noite clara de luar. De volta o Pedro abriu a porteira, o cavalo negaceou.

Com o vento o portão bateu na anca do animal, que se assustou. Ele foi jogado ao chão e recebeu uma patada na virilha.

— Barbaridade.

— O pretinho não fez nada. Nem sabia o quê. Ensanguentado, com uma dor desgraçada, o Pedro foi se arrastando até a casa. Conseguiu chegar à sala. Pediu ao negrinho que acendesse uma vela. *Fique na beira da estrada. Grite por socorro.* Lá dentro, gemendo, à espera de uma valedora mão. De repente o ronco de motor. Berrava, o pretinho não entendia. *Pare o carro, negrinho fedepê.* Mesmo sem ouvir, ele cercou. Era um jipe.

— Graças a Deus.

— Desceram três tipos bêbados. Um era filho do Tadeu. Riu muito do estado do Pedro. Se contorcendo no chão, ele pediu: *Me acuda. Não posso mais de dor. Eu morro, seu moço.* E o tal, cambaleando de borracho: *Antes um acerto com este gaúcho* — apontou o amigo, ainda mais trôpego — *e uma petiça sestrosa. Quem cai primeiro.*

— Grande safado.

— *Eu já estou no chão*, gemeu o Pedro. Só de manhã, a petiça deixada em paz, levaram o pobre para a cidade.

— E lá no hospital?

— Da bexiga ele vertia sangue. Até hoje urina torto. A bacia trincada, ficou dois meses pendurado. Só agora está andando.

— Bem se explica a barba branca.

6

Três da tarde. Sem camisa, coçando o cabelo no peito. Ela chegou, suada.

— Tomo banho. Já volto.

Fingindo que lia o jornal. Surgiu enrolada na toalha felpuda.

— Ajoelhe-se.

Inferiorizada, como deve ser. Arrancou a toalha, ó gritaria dos seios durinhos. Sacudiu-a pela cabelo, a primeira bofetada.

— Ai, Papi. Que saudade.

Beijou e bateu. Mais bateu que beijou.

— Assim. Castigue. Ai, Papi. Faça de tudo.

Galinha choca aos pipios cobria o bando de pintinhos.

— Ah, é? Sua cadelinha. Quer mais?

Aos revoos do feroz gavião.

— Machuque. Mais. Me rasgue. Tire sangue. Ai, Papi.

— Teu gostosão está aqui.

— Quero mais. Mais, ó puto.

Pedia mais quando já não tinha para dar.

7

Nem carecia puxar a rédea na porta do boteco. Nhô João desceu para tomar uma pinga. Quando saiu, tinha sumido o precioso poncho de franja.

— Foi a primeira traição naquele dia.

De volta a casa, guardada a carroça, abriu o piquete. Cadê a égua? E o burro preto? Com a sua fama de brabo, muito desaforo do bandido. Chamou o compadre Carlito e na boca da noite, armado de punhal e garrucha, romperam a galope.

Na entrada do Passa-Dois toparam o burro preto, já com arreio. Um capiau disse que o burro tinha atravessado o rio da Várzea.

— Decerto o ladrão está do outro lado.

Foi com o amigo e vigiaram toda a noite na cabeceira da ponte. Esperando que a égua surgisse — queria fuzilar o bandido. De madrugada vieram contar que a égua tinha aparecido — estava encilhada.

— Ladrão bom é esse — disse ele. — Leva o animal em pelo e devolve enfeitado.

Quase de manhã outra pessoa chegou correndo.

— A par da linha, perto da bica, há gente acampada. Eu vi a fumacinha.

Nhô João foi até lá e rendeu os dois homens. Um mocinho e um gaúcho barbudo, de pronto confessou. Sim, tinha sido ele. Fugindo da revolução ia para casa.

— E o selim, seu ladrão?

— Esse eu comprei.

— Obrigadinho. Arreio para o burro e selim para a égua.

O mocinho não falava, muito assustado. A mãe dele veio do Rio Grande pedir que nhô João perdoasse o filho — e, como era bonita, ele perdoou.

8

A moça vaidosa apertou demais a cinta. Assim deste tamaninho nasceu a criança. O que é pior, sem uma orelha.

Morreu de poucos meses, era um menino: lesão congênita. Os pais não quiseram ver o pobre anjo.

A avó ficou embalando o corpinho, envolto no lindo cobertor rosa. Logo improvisado o caixão no fundo do quintal.

Foi aninhá-lo no caixote forrado de papel crepom azul e branco. Só que o avô protestou:

— Com esse, não.

Olhou, surpresa.

— Ele é novo.

Obrigada a desmanchar o embrulho. E refazê-lo no velho cobertor cinza de soldado.

9

Sem se olhar, os dois ficam nus. Cada um no seu lado da cama. Ele já se deita sobre ela.

— Ai, bem. Espere, amor.

Ela se desvencilha num pulo.

— Lavo a marreca.

Ao pé da cama, despeja na bacia o jarro de água esperta.

— Não olhe, seu diabinho.

Agacha-se, só a cabeça de fora, enxágua de leve.

— Já novinha para você.

10

De gênio muito ruim. Brabo e violento, qualquer bobagem batia na gente. Quebrava tudo e tirava sangue de mim. *Te mato de arrocho de goela* — cuspia na minha cara, me arrastava pelo pescoço. Logo pedia perdão, arrependido me beijava o pé. Assim a vida a gente levava.

Eu não tinha motivo para matá-lo. Me presenteou com uma samambaia e uma camisola nova. Ele me dava tudo, era calcinha de renda, era cigarro. Depois fez o que mais gostava: as unhas do meu pé. Foi a nossa noite de despedida.

Um amorzinho bem gostoso. Pôs o relógio para despertar às cinco horas. O revólver ali em cima da mesinha. Dormi e sonhei com um rio de água negra me levando.

Ele acendeu a luz, antes de o relógio tocar. Perguntou se o trato ainda valia. Respondi que sim. Já não dava para a gente continuar junto. O jeito era pôr um fim em tudo.

Apontou no ouvido esquerdo, ainda sorriu para mim e apertou o gatilho. Era a minha vez. O relógio disparou, foi o sinal de Deus. Eu vi aquela sangueira, pensei nos dois filhinhos, a vida era boa.

11

No famoso randevu da Dinorá. Dez da noite, você entra, bêbado de paixão:

— A Nenê está?

— Lá na quarto. Ocupada.

Tua mão na gravata esconde o sangue pingando do coração.

— Algumas têm tudo.

— ...

— Só à noite ela já fez cinco jarros.

O confessor

— Já se reconciliou?
— Oferecida não sou. Meu irmão foi o pretexto. Odeio esse fricote. Na festa da igreja o Nando se chegou. *Bom dia, moça. Como vai?* Falava com o Beto e olhando para mim. Eu, bem quieta. De tardezinha, em casa, fui para a janela.
— Não era mais fácil o portão?
— Fácil para você. Oferecida, já disse, não sou. De repente o que vi? O carrinho dele. Passando bem devagar. Não teve coragem de descer, eu atrás da vidraça. Até alegrinha.
— ...
— Domingo apareceu lá em casa. A conversa foi a chuva que não caiu, o elefante vermelho de louça, o bico do meu sapato. Na despedida, não resistiu, um beijinho na testa.

*

— Sabe, João? Já tenho quem me adore.

— Não se mata mais? O Nando voltou?

— Quer que te conte?

— Fale mais baixo.

— Esta vez não só o beijo na testa. Duas da tarde, o puto foi lá em casa. Eu varrendo a salinha, lenço vermelho na cabeça. *Está o Beto?* "Não seja fingido, rapaz. Eu estou." O magro, quando sem jeito, mais se afina. *Quer dar uma voltinha?* Fui me arrumar. Voltei com um shorte branco, por aqui. Garradinho na virilha não gosto, vulgariza.

— Bem que eu gosto.

— De shorte branco e camiseta azul-céu.

— Ai, que linda.

— Fomos à piscina, no carrinho azul. Nesta época não tem ninguém. Quando desci, ele se afastou um pouco, o olho deste tamanho: *Você me atiça. Que boa você assim. Como é gostosa.*

— Quem dera fosse eu.

— *Outra vez a minha namorada?* Nem sim nem não. Daí repetiu o que não gosto. *É a mulher de minha vida. Sem você não sou ninguém.* Só dramalhão barato.

— Não te derrubou no matinho?

— É bem ensinado.
— Fosse eu, te dava com uma pedra na cabeça.
— De mãozinha, voltamos para casa. O rádio ligado, pediu que me chegasse.
— De que jeito?
— Fiquei assim, está vendo? Encostada nele. Que me envolvia. Dava beijinho no pescoço. *Pare. Que me arrepia.* Aí quis um beijo. Eu dei. Não pense que de noventa segundos. Ele não tirava o olho grande de minha perna.
— Nem eu.
— Ainda com dor no braço. Enquanto me apertava, dizia: *Sou magrinho mas forçudo.* Tanto que me deixou marcada.
— ...
— De repente os gritos da mãe: *A janta na mesa, gente.*
— Onde ela estava?
— No portão. Enxugando, a pobre, a mão seca no avental xadrez.

*

— Não te dou mais cigarro. Nem bala azedinha.

— Ah, é?

— Você não merece.

— Olhe, João. Não venho mais aqui.

*

— Afinal o que sente pelo Nando?

— Ele é sequinho. Aquelas perninhas dão pena. Não é o meu tipo, você sabe.

— A saudade do outro?

— O sargento, esse, era homem. A sombra na calçada cobria a minha. Ah, desgraçido. Escapuliu pelo vão do meu dedo.

— ...

— Bem sentado, era aquele volume, estalava o sofá vermelho.

— ...

— O Nando, quando se chega, é na pontinha do pé.

— ...

— Ah, se me lembro. O bruto nariz do sargento. O bigodão negro. Cheirando a cigarro. Aquele peito peludo. Ainda hoje, toda derretida.

*

— Noivando com o Nando, não deixe de vir, hein?
— Casada, sou mulher séria.
— ...
— Venho, sim. Só para conversar. Você é meu confessor. Meio safadinho. Mas não tenho outro.

*

— "Quer que adoce o teu café?", eu perguntei. Sabe o que respondeu? *O café, não. A minha boca.*

*

— Prometeu não ser ciumento como o sargento. E agora inventa que fui vista com um namoradinho. Agarrada, aos beijos e abraços, em plena Praça Tiradentes.

— ...

— Sabe o que respondi? "Você, Nando, é um passarinho escondido nas nuvens. E vê o que não faço."

*

— Os homens sempre te perseguindo?
— O que você acha? Que um deles ainda me come? Ele me pede, eu dou e depois fico na esquina.
— E o velhinho da Bíblia?
— Às vezes eu o vejo. O pobrezinho, além de apaixonado por mim...
— Mais do que pela mãe dele.
— ...só não queria que me matasse. Para ele a Bíblia é o anjo salvador.
— Leia o *Cântico dos Cânticos*. Melhor que revistinha suja.
— Olhe a minha calça. Que azar, rasgou aqui.
— Onde?
— Não vê um risco da perna aparecendo?
— Ai, que tentação. Essa nesga branca me faz um bem.

*

— Tão justa essa calça preta.

— Do tempo do sargento.

— Ele te deu?

— Certo que não.

— O fim de semana está aí.

— Fula da vida com o Nando. Ontem me telefonou. Vinha a Curitiba. Passando uma hora juntos. Agora diz que não. Vai a uma festinha. Sabe o que teve a coragem? No coquetel não pode mulher. Este desprezo não aceito. Depois finge que espírita não bebe. Até cachaça ele enxuga.

— E você põe a culpa nos outros. Quem é que briga? Qual é a ruim? Depois não diga que se mata. Seja mais tolerante.

— Que vá ao coquetel, o puto. E eu saio com o viúvo da cicatriz.

— Seja boazinha, amor. Só quer discutir.

— Meu medo é noivar. Sabia que todas as casadas são putas?

— Epa. Que história é essa?

— Olhe a mulher do Rubião.

— Não é uma loira platinada?

— Essa mesma. Foi vista no meio da noite. No carro de um macho. E não era pescaria.

— Quem mais?

— A do gerente do banco esteve em Santa Felicidade com o André bicheiro.

— ...

— Tem outra, de carrinho dourado, que sai à caça de soldado.

— ...

— A mulher do gordo Pestana, essa, todos sabem. Pega os mocinhos e leva para o motel. Até paga o quarto. Com espelho no teto.

— Ai, mundo perdido. E as solteiras inocentes já não são. As filhas do nosso pobre doutor.

— Essas deitam com homem dentro de casa. Não foi só o negro. Também o pai não se dá o respeito. Agora uma nova amante.

— Quem é?

— Sei que é bonita e mora perto da Curva da Tomate.

— Veja como é quentinho, amor.

— Me ajude a tirar a calça.

— Essa botinha é aquela?
— Outra, não vê? A calça presa por dentro. Me ajude. Puxe, você.
— Que linda essa calcinha azul. Eu também te arrepio?
— ...
— Credo, você não fala. Mexa, ao menos.
— ...
— Ai, que doce barriguinha, essa tua.
— ...
— Diga se é bom pôr nas coxas. Diga. Não seja ruim.
— ...
— Agora deite. Abra a boquinha. Venha mais para a frente. Abra mais, assim.
— ...
— Deite, amor.
— ...
— Se não abrir bem, não faço mais.
— ...
— Gema.
Ofegante, quando muito.

— Deixa eu... Só um pouquinho. Não dói.
Nessa hora bem vesguinha.
— Se doer...
— Não seja louco!
— ...eu tiro.
Com ataque, rola a cabeça, se contorce toda.
— João do céu.
Gemido tão alto que assusta: É ela? Sou eu?

Bom, belo e garboso

Aperta mais uma vez a campainha. Do outro lado o João, aos urros e palavrões, se bate contra, a fechadura. A muito custo abre a porta.

— Já não consigo acertar a chave.

Furioso e exausto, o velho desaba no sofá. O triste pijama azul de bolinha, a braguilha sempre devassada.

— Meus parabéns. Está com boa cara.

Esquálida e cinérea — a doença que não ousa dizer seu nome. Posto que é mentira piedosa, João sorri esperançado. Murcho e ressequido, cuida que a dentadura não se solte.

— Ela está cada vez pior. Não aguento mais.

Inquieto, vigia o corredor.

— Assalta na geladeira o meu creme de abacate. Deixa só a metade. Se me queixo, revira os olhos para o céu: *Não fui eu. Que Deus me castigue.*

— Paciência, João. Não deve...

— Quem está aí?

Ei-la que chega, trôpega mas faceira, se amparando na parede e nos móveis.

— Você é bom, Tito. Diga ao João que não me torture. Ele judia de mim.

— Sofre de velheira, essa aí.

— Ele se mete na cozinha. Implica e reina com a mocinha.

— Conte ao Tito quem roubou o dinheiro da minha carteira.

— Não roubei. Foi para a feira. Quem se lambe por abacate? Quem come banana todo dia?

— Não admito que reviste o meu bolso. Saia daqui, você. Não fale comigo.

— Será que compro um pão grande ou três pequenos?

Roendo o seu ódio, ele exibe o nó inchado dos dedos bem tortinhos.

— Três pequenos.

— Esse dinheiro chega?

Luta em vão com o fecho da bolsa. O Tito acode e abre fácil.

— Deixa ver. Não, isso é muito. Basta uma nota.

A velha segue pelo corredor, sacudindo o arco da perninha dura.

— Não sei como vai ser. Quando eu faltar. Ela não conhece dinheiro. Esqueceu o nome das filhas. Chama a Rosa de Sofia.

Quase um cochicho, a boquinha escancarada na ânsia de ar.

— Ainda acaba no asilo.

— Não é bem assim, João. Tenha calma.

— Já não sabe assinar o nome. A Rosa passou uma lição no caderno. *Escreva quarenta vezes Ma-ri-a de tal.*

— ...

— Má aluna, nem fez o dever.

— É o fim de todos nós.

— O Padre-Nosso ela repete. No Salve-Rainha já se perde.

— ...

— Do sofá para a poltrona só geme e suspira. A Rosa chegou a dizer: *Que tanto se queixa, mãe. Não tem pena do pai?*

— Essas filhas são umas ingratas.

— As duas estão do meu lado. Sabem quem ela é. Uma bruxa assassina.

Aparece a criadinha esfregando o pó dos móveis e fungando.

— Não chore, mocinha. O que aconteceu?

— Dona Maria duvida de mim. Diz que o troco não está certo.

— Ela se enganou. Não fez por mal.

De volta a Maria, que se arrasta dolorida, mas vaidosa da bengalinha nova. Abate-se na primeira poltrona.

— Me dá a mão, Tito. Você é bom.

Ele afaga-lhe a mãozinha retorcida e salpicada de manchas roxas dos últimos dias.

— Não sou tão bom assim.

— Com este hominho o que é que nós fazemos?

Impávida com o primo ali perto.

— Você tem razão, Maria.

A velha toda risos, deliciada. Ele vira-se para o amigo.

— E você, João, tem razão.

A vez dele sorrir, encantado.

— Ambos têm razão. E eu estou ao lado dos dois.

— A Sofia me mandou calar a boca. Debocha de mim.

— Essa aí quer tornar à infância. Com uma negra na cozinha catando feijão.

— Isso mesmo. E quem não quer?

— Até eu sinto falta da velha Dindinha. A última escrava da família. O dedo de piche ali no mármore branco separando a casca e a pedrinha.

— O Tito nada esquece. Depois dizem que ele inventa.

— Encolhida no banquinho, cabeceando a carapinha de neve. Para cá o bom, para lá o refugo. Até o dia do Juízo Final.

Entre caretas, o João se põe de pé, estalam os cacos de ossos.

— Eu saio com você. Dar uma volta.

— Ah, é? Eu não fico só. Ninguém liga para mim. Sei que vou morrer. Estou muito mal.

— Hoje ninguém morre. Está pintadinha, toda enfeitada. Deixe o pobre sair. Ele quer espairecer. Falo com a Rosa. Vem te fazer companhia.

Disca em seguida para a filha.

— O João vai comigo até a esquina. A Maria está nervosa. Quer você aqui.

— Isso é teatro de mamãe. Ela se faz de doidinha. Só quando lhe convém.

— Não exagere, menina.

— Por que não é louca na frente da Sibila?

A velha de pescocinho repuxado querendo adivinhar a resposta.

— Digo a ela que você já vem.

De mansinho o João sai da sala.

— Quando ele se for... E vai antes de mim. É segredo, o doutor me disse. Está morrendo.

— Fale baixo.

— Elas me põem no asilo.

— Que bobagem, Maria.

— Medo de ficar sozinha. Nenhuma delas me quer. Estou abandonada. Não vem ninguém me ver.

— Eu estou aqui.

— Para o asilo não quero ir. Você me prometa. Que não deixa.

— Isso não acontece. Areje essa cabecinha.

Bem suspeitosa o encara, beicinho trêmulo.

— Você jura?

— Conte comigo. Não sou teu aliado?

Vigia ansiosa o corredor — decerto ele escuta atrás da porta.

— Ganhou da Filó um cartucho bem cheio. Broinha de fubá mimoso. Que eu tanto gosto. Escondeu e comeu tudo. Não me deu nem uma. Quando eu pedi, estalou a língua: *Era a última!*

Vestidinho, o João assobia para disfarçar a falta de fôlego.

— Te contei do meu sonho com o pai?

— Já, sim. Não se lembra?

— Sabe que na exumação do Nonô...

Inútil dizer que sim, João. Quantas vezes, João. Ali presente para evitar a profanação. As tábuas do caixão apodreceram feito uma flor que se abre. Da roupa nada sobrou. Os ossos já se desmanchando, esfarelados. Do Nonô o que restava?

— As barbatanas da camisa. Alguns botões. O sapato, um quase no fim. O outro até de cordão. No meio dos ossos...

— ... o rosário de contas negras.

— Ah, já te falei? A caveira estava meia de lado, um grito da Biela.

— *O Nonô foi enterrado vivo!*

— Se alguém da família não dá um tapa na mão do coveiro...

— Então vamos, João?

— ...já rouba o teu dentinho de ouro.

Paletó azul de botões prateados — o defunto era maior. Boné xadrez de lã — olhinho perdido lá no fundo.

— Como está elegante.

Derreada na poltrona, a velha se abana aflitinha.

— Galante para quem? Pensa que não sei? Atrás da vidraça espiando as meninas.

— Deixe disso, Maria. Quem não gosta de ver perna de mocinha?

Dando-lhe as costas e soprando fortíssimo.

— Está louca, essa velha.

— Ai, que enjoo de estômago. Hoje vou morrer. Tanta saudade da mãezinha. Me punha no colo. Passava a mão no braço dela. Era tão branco, tão lisinho. Ai, veja a minha pele. Triste de mim, o que são essas manchas?

O primo beija-a de leve — a cara chorosa e borrada de mil cremes.

— Venha sempre. Você é tão bom.

— Eu só? E o João?

— Esse aí...

— Bom, belo e garboso.

— ...que volte logo. Senão fecho a porta. Duas voltas na chave.

— ...

— Não deixo mais entrar.

Aos tropeções, o João uivando e bufando.

— Bem louca. O lugar é no asilo.

— ...

— E me deixa louco, eu.

O surdo gorgolejo das entranhas podres.

— Só me atormenta. Ela me esfola vivo. Estou me esvaindo em sangue.

— Que nada, João. Você está bem. Ainda vai longe.

— Só pensa nela. Sempre se enfeitando — a famosa noiva do doutor Pestana. Pelos outros não sente nada. Já não tem emoção, o médico me disse. Regrediu à infância. Sabe o que ela é? A própria netinha de quatro anos.

Na esquina o amigo se despede. Arrastando os pés, o velho tateia a bengala tatibitate. Um passo em falso, cai de costas, já não se levanta. Por trás ainda mais pequeninho. Dança dentro da roupa, pescoço fino e bunda murcha — adeus, João.

Bombom de licor

— Agora, sim. Tudo acabou. Acabou sem remédio.
— Acabou até começar outra vez.
— Acordei pensando em vir aqui. Preciso contar. Ele e meu irmão parecem namorados. Sabe que me dá medo? De repente se beijem na boca. É de lado a lado. Fazem até rodinha no salão.
— ...
— Entre eles a ponte sou eu. Não sei como dizer, João. Um magriço, o Nando. Perebento. Por ele não sinto nada. Como é que se explica? A ideia de que me substitua por outra não suporto. Eu mato a outra. Você entende, João?
— Claro, amor. Ele deixa de ser teu capacho.
— Você é muito simplista, João. Não é isso. Quem me dera um homem para exibir a tiracolo.
— Para quê?

— Desfilar com ele. Pelas ruas e salões. Cantando uma marchinha. Sei que o Natal vai ser uma... Já reparou? Todos os meus Natais são assim.

— Ora, que significa um...

— Não queira me consolar. Uma coisa eu sei: se ele for me tirar no baile, dou o maior desprezo. Viro a cara. Ergo o queixo. Bem assim, João.

— Estou vendo.

— Também os meus discos o puto devolve. Pego na casa dele.

— Aí está o erro. Não acha que é puro despeito? Valoriza quem não merece.

— Então o que devo fazer?

— Esqueça os discos. E saia dançando. Soberba e faceira.

— Situação mais idiota. Essa no fim de semana. Começou com meu irmão. Parece amante dele. *Vou até o barzinho ligar para o Nando.* "Só não me envolva nisso." Daí a meia hora, a buzina do carrinho azul. Estávamos jantando. Ele me cumprimentou assim um estranho. Estendeu aquele braço seco, nem a minha testa beijou. Acho um fresco quando me beija a testa.

— Bem que gosta.

— Convidou para o baile. Eu, ele, o Beto. Nada mais entre nós. Dois inimigos no salão. Sabe que estava despeitada? Confesso o meu despeito, João. Puro despeito é o que tenho. Gostou?

— No salão o que aconteceu?

— Os três à mesa. Eu a ponte entre os dois. Eles se olhavam, se namoravam. Não abri o bico. De repente o grito de carnaval. Resolvi sair pulando. Ele engatou em mim. Parece mentira, João, foi assim. Colocou aquelas mãos nos meus ombros. O pobre do Beto agarrou a cintura dele. Não era cena isolada, ainda bem.

— ...

— Eu, requebrando, acenando com os braços. Até cantando, João. E eles atrás de mim. Teve uma hora, o Nando me largou. Daí os dois de mão dada faziam rodinha. Pensei que iam se beijar na boca. *Agora* — era o mestre do salão — *música romântica*. Ele me enlaçou. Me apertou. Na maior canseira, aguentei uns vinte minutos. Com ódio, sem dizer palavra.

— Ele te encoxava?

— Já disse. Me apertava, me enlaçava. Na volta para casa, meu irmão entrou. Ficamos os dois no carro.

Aí foi o pior. O *fim do nosso namoro. Teu gênio não combina com o meu. Cada um toma o seu rumo. Como bons amigos.* Uma fúria subiu dentro de mim. "Bons amigos? Seja cretino, Nando." Ai, nojo da palavra rumo. "É um grande idiota. Amanhã pode esperar. Vou à tua casa e pego os discos."

— ...

— Ninguém bateu com tanta força uma porta de carro. Até os grilos se esconderam.

— E depois?

— Você sabe. O choro no travesseiro. O soluço da desprezada.

— Desprezada e reprimida. Tem de se libertar. A testemunha é esse sofá. Você rebola, vira o branco do olho, lavada de suor. Mas se recusa a admitir o que é. Grande fêmea. Uma linda fêmea.

— Palavra mais enjoada.

— Veja como é quentinho. Não sente arrepio? Ai, me aperte.

Em surdina uma palavra ela geme — qual será?

*

— Não sei se entende, João. Aqui estou pelo dinheirinho que me dá. Nem só por isso. Não precisasse, assim mesmo viria.

— ...

— Só por você. Não é uma homenagem?

— A maior que recebi na vida.

*

— Eu me suicido, João. Essa fossa do Natal.

— Não tem dois braços, duas pernas? Você fala. E enxerga. Esquece do teu progresso? Sou testemunha. Uma pobre caboclinha, quase analfabeta. Soletrar contexto não sabia. E agora? Fez o ginásio, completou o cursinho, se inscreveu no vestibular. O que mais quer?

— Não é isso, João. Você não me compreende.

*

— Dá um beijinho bem aqui. Passei no vestibular.

— Meus parabéns. Já pensou no futuro?

— Sirvo pó de mico às minhas clientes. Já viu uma velha ocupada em se coçar? Ainda é a melhor terapia. Estou feliz. Às vezes, até eu fico feliz.

— Com muito direito.

— Deixa eu contar. Por boboquice, na minha alegria, não é que liguei para o sargento?

— Essa não. Começa outra vez.

— Uma voz distante. Alguém preso num túnel. Ele gritava de lá, eu de cá. Certa hora perguntei: "Você casou?" *Ainda solteiro.* Pediu meu endereço. De burra, eu dei. Tanto tempo sem ele na cabeça. Dias depois, tinha tomado banho, usava turbante verde. Comecei a pintar as unhas, ele telefonou. A mocinha com o recado: *É o André. Se pode vir aqui.* Disse que sim. E me deu uma tremedeira. Até ofegante fiquei. Passava acetona nas unhas. Me vesti bem depressa. Aquela calça branca e a sandália mais chique. Fiquei linda, já viu.

— Garanto que sim.

— Difícil contar. Não sei se você entende. O que se passava dentro de mim. Ia ver o famoso sargento. Que tinha me largado na estrada. Por quem lágrimas de sangue chorei.

— ...
— Só que não existia. Tinha sido criado por mim.
— ...
— Parecia um mendigo. A mesma jaqueta dos velhos tempos, descosturada no ombro. Uma calça cheia de graxa. Não estou mentindo. A mesma botina. Me convidou para sair. Mal ele sabia.
— O que, anjo?
— Uma outra foi com ele. Da janela, espiando eu fiquei.
— Pegou na tua mão?
— A eterna mão no meu ombro. Aquela mão peluda de unha negra. Me sentia envergonhada. Uma hora ele disse: *Você está lá em cima. No morro. Eu aqui embaixo, no pó.* Andamos a esmo. Com medo de ser vista. A moça de calça branca e sandália dourada a par de um andrajoso, assim que se diz? Olhamos os cartazes, entramos no cinema.
— De mulher nua?
— Nem vi. Saudosa do meu Nando. Tinha idealizado o sargento. Me despedi com alívio. Quem deixa um saco pesado no meio da estrada.
— É difícil de entender.

— Você não sabe ouvir. O melhor foi no outro dia. O Nando surgiu lá em casa, todo risonho. Um buquê de rosa vermelha. E um botão para minha mãe. Bateu palminha, me beijou a testa. Todos homenageavam a caloura vitoriosa. Sabe que gostei? Não é sempre que acontece. Coloquei as rosas num vaso, dei o botão a minha mãe. Bom sinal se as rosas abrem no dia seguinte. As minhas abriram. O botão da mãe murchou. Ela ficou toda aflita.

— Eu também.

— Banquei a namoradinha. Tratei de me valorizar. Ele me ergueu nos ossos da garupa. Corria em volta da mesa, agarrando as minhas coxas. Ria, o pobre: *Sou o cavalinho da Maria.* Par de horas sem briga. Me deixei embalar. Fala em casamento. Agora só depende de mim.

— Dá um beijinho.

— ...

— Tem nojo?

— Você é caprichoso.

— Em que sentido?

— O talquinho que usa.

— Não me volte aqui brigada.

*

— É um agourento. Briguei outra vez.
— Onde já se viu. Por quê?
— Nem eu sei. Às vezes sou meio louca. Ao cinema não vou, João. De fora me vejo ali sentada. Ouço os ruídos da sala. Espio os vultos na tela. Os namorados que se abraçam.
— ...
— Eu não como. Vejo os outros a mastigar e beber.
— Conte de uma vez.
— Burrega mesmo. O ônibus chegou, quem esperava ali na chuva? Sério, ares de ofendido. O que esse magriço pensa? Entrando em casa, quase não falava. Sentou-se meio afastado. "Venha perto de mim, homem. Quer jantar?" *Não estou com vontade.* "Quer um bombom de licor?" Já puta da vida. *Doce não gosto.* "Ah, é?" Joguei o bombom na cabeça dele. E fiz cruz na boca.
— ...
— Fomos ao baile. Minha vez de negar. *Com sede?* "Não." *Gosta do baile?* "Não." A cara do infeliz não olhei. Já viu carnaval mais bobo? Na hora ele bancou o gostosão. Mãos para cima, requebrava, gingando a bundinha. Que não tem. Detestei o barulho.

Queria dar um tiro na corneta. Para, corneta. Puta que pariu, João.

— Não seja nomerenta.

— Me deixou em casa, de madrugada. Só disse: *Amanhã eu volto.* Já noitinha, chegou. Ainda emburrado, o desgraciado. Ninguém na casa. Só os dois no portão. Quietos e calados. O pobre não se aguentou: *Vai fechar a casa? Já anoitecendo.* "Deixe que anoiteça." *Quer saber de uma coisa, menina? Estou aqui de pena de você. Não te deixar sozinha.* "Ah, é? Quem tem medo de ficar só? De você não preciso." Daí meu pessoal voltou. Ele foi embora. Passei a noite sentada na cama. De tanto ódio. Jurei a mim mesma: Amanhã saio com a bicha mais linda de Curitiba. Mostro a esse torto e seco.

— ...

— Meu irmão me levou ao baile. Mesmo bêbado, para isso ele serve. Fui de jardineira, sainha bem curta, exibindo a perna.

— Assim que eu gosto.

— O Salim...

— Neto do Turco Surdo? Meu colega de...

— Já vem você com Turco Surdo. Sei lá. Apareceu em nossa mesa. Já conhecia de vista. *Não sabia que tinha irmã tão bonita.* Convidou para pular. Lá fui eu, toda sem jeito. Não sei representar. Só olhava em volta do salão. À procura de quem? O Salim é gostosão, coxa de gladiador romano. Me disse: *Quer um cheirinho?* Fomos atrás de uma cortina. Aspirei o éter no lenço. Louquinha, de volta ao salão já desferia voo. Bem a mulher do mágico, alheia a tudo. Não tinha os pés no chão.

— Levitava?

— É isso. De madrugada fugi do turco. Fui sentar no carro do Beto. E quem rondava por ali? Fechei o vidro, virei a cara. Com o rabo do olho vi o nó do dedo batendo de leve.

— Bem podia perdoar. Quem foi que atirou o bombom?

— O problema é meu, João. Não teu. Tem nada com isso. Esse foi o grande carnaval.

— Ai, do meu se te contasse.

— No outro dia o Beto me disse: *Sabe que hoje ele vai pular com outra?* "Ele que experimente."

— O que você faria?

— Sou uma bandida, João. Partia uma garrafa de cerveja, só com o gargalo. Esfregava na cara dele os cacos pontudos. Deixo esse magriço retalhado no chão.

— E foi ao baile?

— Não tive coragem. Outra vez dormi sentada. O que me aconselha, João?

— Agora não fale.

— ...

— Quer dar um beijinho?

Como sempre, olha primeiro o relógio.

— Fiquei desfiando minha ladainha. E o tempo passou.

— Veja como é quentinho.

— ...

— Se está gostando, aperte.

Furtivo toque de um, dois, três dedinhos.

— Sente como bate as horas?

— ...

— Assim, não. Sentada. Mais para a frente.

— ...

— Agora deite.

Ela se estende no sofá. Nossa mãe do céu — e de botinha preta.

— ...

— Você é louco, João.

— ...

— Puxa, fiquei atordoada.

Fogo no circo

João e Maria, casados há dez anos, têm dois filhos, com oito e seis. Ele viaja a negócio, ela se queixa de ficar só.

Mora com o casal uma sobrinha de João chamada Rosa. Sai para lanchar com a tia e uma amiga. Na confeitaria por acaso encontram Tito. Ao derrubar o lenço, Rosa abaixa-se — ele e a tia de mão dada sob a mesa.

De volta, Maria revela que mantêm um caso há sete meses. Bons amigos durante anos até que ele caiu da motocicleta e quebrou a perna esquerda. Na ausência da mulher, ocupada no emprego, era visitado por muitos conhecidos, entre os quais Maria, que lhe levava fruta, doce, revista. Aquela perna engessada deixava-a quase louca.

Os encontros agora numa quitinete, perto da igreja do Cristo-Rei. Ele ainda se apoia na bengala.

Ela que espana os móveis, encera o soalho, lava a roupa da cama.

Quando o marido atende o telefone, o outro desliga. João fica desconfiado. Se ela responde, com o marido ao lado, chama de Marta o outro e inventa uma conversa boba.

Tito se diz André e pede para falar com Rosinha, que dá o recado para Maria. Contar ao tio a verdade não é causar uma tragédia? Maria e Tito planejam ela sacar o dinheiro do casal e fugirem para bem longe.

Às vezes atende a criada Filó. Sempre o tal André querendo falar com a Rosinha. Uma noite, o casal em viagem e a moça ausente, ele confessa:

— Poxa, estou cansado desta vida. Meu nome não é André e sim Tito. Não tenho nada com a Rosinha. Meu caso é com a Maria.

Filó bem quieta.

— Teu patrão é um porco. Não sabe do anjo que tem.

Bêbado de amor, jura que se apartou da mulher. Espera ganhar a confiança da mocinha para jogá-la contra o patrão.

Os amantes encontram-se na segunda, quarta e sábado. No sábado, a tia faz faxina na quitinete e a sobrinha na casa. À noite, quando o marido chega, Maria se diz cansada de tanto arrumar a casa. João briga com a sobrinha:

— Sua grande vagabunda!

Como a história se repete, é expulsa por não ajudar a tia.

Tito ganha sapato, relógio de pulso, camisa de seda. Compra um carro novo, e quem paga as prestações? Faz empréstimo no banca, a avalista é sempre Maria.

Segunda-feira, 11 de agosto, o pobre João ouve da criadinha que a mulher é infiel. O nome do outro é Tito. Passam as tardes em motéis. No quarto de espelhos bebem champanha. A sobrinha, essa, bem sabe da verdade.

— Não posso ver o senhor enganado. Um homem tão bom.

Muito nervoso, João interpela a mulher, que chega da quitinete e, jurando por Deus e Nossa Senhora, tudo nega. Nessa noite ele se deita no sofá da sala. Olho arregalado no meio da noite: Por que Maria foi para o tanque bater roupa, o que nunca fez desde que casou? Não é confissão de culpa?

Dia seguinte o casal leva os filhos ao colégio. Depois saem de carro para conversar. Ele propõe esquecer, vendendo a casa, mudarem-se para São Paulo. A dona viajar não pretende — e as aulas dos meninos? Ela tem pressa, hora marcada no dentista.

João manda a criadinha telefonar para Rosa, que ele já sabe de tudo e, sendo cúmplice da patroa, tinha-a despedido. Enquanto isso, ele fica na extensão. Rosa ouve e diz:

— Quero que o circo pegue fogo.

Em seguida João pede que ligue para o Tito e fale a mesma coisa.

— Barbaridade. Quem contou? Não pode ser. Poxa. Quem foi que... O que ele...

O marido entra na linha:

— Já sei de tudo. Uma conversa com você. Não tenha medo. Vingança não quero.

De aflição o Tito desliga. João vai à casa da sogra, onde encontra a mulher. Na presença dela, conta para dona Lúcia a traição.

— Teve sempre o que quis. Nunca lhe faltou nada. No seu guarda-roupa tudo do melhor.

— Duvido que você prove.

— Não é a primeira vez, saiba a senhora. Da outra eu perdoei. Por causa dos filhos pequenos. Agora acho desaforo. Um tipo dez anos mais moço.

Convida a sogra para ouvir toda a história da boca da criada, da sobrinha e do próprio amante.

— Essa não foi a educação que dei a minha filha. Aposentada com trinta anos na repartição. Nada que desabone a minha conduta.

João vai buscar os filhos no colégio. Dia seguinte procura a sobrinha na Pensão Bom Pastor. Ela confirma: o amante exige que a tia não durma com o marido. Não use roupa íntima preta a fim de não excitá-lo. Substitui a aliança com o nome João gravado. Na última viagem não exibiu três remédios de prova que doente e impedida?

— Meu marido na cama é o Tito.

João procura o amante no emprego, não o encontra. Revela ao gerente o seu problema particular. Quer de Tito apenas que fale com a sogra. Abre o paletó, não está armado.

Afinal descobre o endereço do outro. Bate na porta do apartamento 21, ninguém atende. O porteiro diz que Tito não tem hora certa de voltar.

É o quarto dia que Maria está com a mãe. À tarde, João apanha no colégio os filhos, dá banho no menor, liga a tevê. Que tal — lembra o mais velho — um franguinho no espeto? Ao passarem diante do edifício de Tito, o pai resolve descer.

O outro convidou a mulher para segunda lua de mel. Sílvia não pode deixar o emprego. Três dias ele não vai ao escritório, ficando ambos na casa do sogro. Sabe que João tem telefonado ao gerente, querendo marcar encontro.

Então procura o vizinho Pedro. Conta da perseguição de João, desconfiado de Maria com ele, que não é devedor.

— Jurou que acaba comigo.

Pede dinheiro emprestado para viajar com a mulher.

— Ele me avisou: *Vai morrer. Com os dias contados. Você é um cara morto. Sabe o que é? Um cara morto.*

Pedro sente muito: não bastasse a crise, a patroa espera mais um filho.

No quarto dia, por insistência da mulher, Tito volta ao apartamento. Brincam debaixo do chuveiro. Sílvia tão cansada quer ficar aquela noite. Café preto com broinha de fubá mimoso. Assistem à novela na tevê. Nessa hora a campainha toca.

Aos pulos, Tito desliga a televisão, apaga a luz do quarto. Vai até a porta, nada vê no olho mágico, tapado pela mão de alguém.

— Abra. Sei que está aí. Só quero conversar.

É a voz de João. Ficam bem quietos. O outro para de chamar, sacode o trinco, bate com força.

Sílvia, já nervosa:

— O que você quer?

— Falar com o Tito. Um favor dele. Abra a porta.

— ...

— Não tenha medo. Veja: não estou armado. Meus filhos lá no carro.

Tito, com voz trêmula:

— Vá buscar teus filhos. Depois eu abro.

Ouve os passos que descem a escada. Espia, ninguém no corredor. Correm até o apartamento 22.

— O homem esteve lá. Batendo na porta — gagueja Sílvia. — Me esconda, vizinha. Pelo amor de Deus.

O Tito todo apavorado e olhando para trás.

— Não falei, Pedro? Que o tipo é louco?

Lá fora a voz rouca e ofegante:

— Só conversar. Aqui estão meus filhos.

Tito pede ao vizinho vá com ele. Assim que saem, dão com o outro no corredor, um menino de cada lado. Traz uma bolsa no ombro esquerdo — já uma vez lhe roubaram os documentos do carro. Ao se aproximarem, Tito sacode as chaves na mão:

— Tudo bem, João?

— Nada está bem.

Tito quer abrir a porta. João atalha:

— Você vai comigo. Só um favor. Fala com minha sogra. Entrego a filha para ela. Você conta por quê.

O outro se assusta:

— Eu não vou.

Com a mão no trinco:

— Não tenho nada com isso.

— Ah, é? Te peguei. Daqui...

Tito derruba as chaves no chão.

— ...já não foge.

A manga do paletó de João segura pelo outro. Que o Pedro agarra por trás, acudir o amigo ou apartar os dois. João abre a bolsa e surge uma arma. Receoso, Pedro fica ao lado dos meninos. O mais pequeno começa a chorar.

Tito ouve dois tiros e pensa: Estou ferido. Um logo depois do outro, bem perto. Com os estampidos acaba a luta. Tito corre e some no apartamento vizinho. As crianças descem a escada aos gritos.

Pedro enlaçado com João tropeça no degrau, um se arrima no outro.

— Calma, rapaz. O que é isso? Está louco?

— Desculpe. Disparou sozinho.

E guarda o revólver na bolsa marrom. O corredor cheio de gente que sai das portas.

— Não foi nada — diz Pedro. — Só uma discussão. Ninguém se machucou.

E para o outro:

— Vá em paz. Quer que te ajude?

Amparado, João caminha devagar e meio tonto. Lá fora respira fundo:

— Agora estou bem.

Os meninos chorando se abraçam nas pernas do pai.

— O Tito não devia — diz Pedro. — Isso não se faz. Um amigo a gente não trai.

João e os filhos seguem alegrinhos para o frango no espeto.

Pedro sobe a escada. Vê na porta, acima do olho mágico, um buraco de bala. E ali no tapete, rodeada pelos vizinhos, a sua mulher morta.

Lição de anatomia

— Não sou tua melhor amiga? A quem tudo conta?

— Amiga não, sempre traidora. Antes a irmã que não tive.

— ...

— São sete lésbicas na minha faculdade. A Rosinha sabe de todas. De carro caçam as meninas.

— Alguma te perseguiu?

— De mulher não gosto. Rapaz bonito pode ser.

*

— "Pensa que sou moça vulgar? Uma putinha de programa? Quem te deu permissão de telefonar? Quem te deu ordem? Acha que saio com tipo casado? Responda, seu bandido."

— E ele?
— Bem gago e mudo.

*

— Até começou bem. O tal servia por uma noite. Mas não tem classe. Me telefonou: *Quer jantar comigo?* "Já disse que não janto. Só faço lanche. Por aqui mesmo."
— Sempre a mesma soberba.
— Três vezes com ele jantei. O triste, que é empregadinho, pagava dobrado. Uma noite me esperou na esquina. Cabeça baixa, esfregando a mão. *Preciso te dizer, Maria. Sou bancário. Vivo do meu ordenadinho. Jantar com você é bom. Só que não aguento a despesa. Quer dividir?*
— Pobre rapaz.
— "Ah, é? Divida com você mesmo. Não me ofereci. Eu não me convidei. Você que insistiu. Passo muito bem com o meu lanche." E deixei o moço ali na calçada.
— Puxa, que...
— Agora me diga que você não entende. Que a vida moderna consagra a divisão de despesas. Nes-

se ponto sou antiga. Que merda essa de convidar e querer dividir?

— E como vai de aulas?

— Anatomia, Psicologia, Literatura, já viu?

— Por que Literatura?

— Só assim, dizem eles, você pode escrever a receita. Chego a pensar: Por que terapeuta? Curandeira eu seria bem melhor.

— ...

— Até aula de ginástica. Tudo tão caro. Não bastasse a minha ginástica para sobreviver. Penteando o cabelo, me flexiono muito mais. Querem tênis, agasalho, sem falar nos livros e apostilas. E o dinheiro, João? Onde acho o dinheiro?

— ...

— Buscar no fundo das águas?

*

— Hoje tive um sonho. Ainda de cabeça pesada. A modo que aconteceu. De repente me vi lá em casa. Diz que eu estava casando. Na mesa da sala cinco travessas de maionese. Uma a par da outra. "O que está acontecendo, mãe? Por que esse desperdício?" *Você vai casar, menina. Então não sabe?*

— E o noivo, quem era?

— Não quem você pensa. Nem o sargento nem o magriço.

— Seria o viúvo da cicatriz? O negrinho da calça rosa? O hominho da Bíblia seria?

— Ali o exagero de maionese. Com a mesma salsinha de enfeite. A mãe disse: *Apure. Os convidados vão chegar. O sargento e o Nando já estão aí.* Fiquei na maior aflição. Do noivo quem sabia?

— Não olhe para mim.

— Os convidados eram só eles. Vi os dois descendo de um táxi. O magriço de testa franzida. Com aqueles pendões balançando.

— ...

— Sabe que eu estava de preto? Uma noiva de preto, já viu?

— De luto pelo teu amor perdido.

— Seja bobo. Um deles falou: *Casar com esse traje é certo? Antes a visita para a mãe do noivo.*

— Quem disse?

— Sei lá. Isso é com o sonho. Arre, tudo quer saber. Daí me vi entrando na casa.

— Essas mães te perseguem até em sonho.

— Foi cena de angústia. Era casa enorme. Um labirinto, é isso? Erguendo o vestido com a mão esquerda...

— Não arrastar no pó? Ou não pisar na barra?

— ...com a outra eu segurava no corrimão. E subia. Subia e não chegava.

— O noivo apareceu?

— Cruzei com minha irmã. *Sabe que morar com a sogra não presta?* Foi então que vi...

— Não era eu?

— Que convencido. Só o vi de relance. Sentado de costas perto de uma janela. Usava meia azul e outra verde. O pobre decerto se vestiu no escuro.

— ...

— Sei que a lugar nenhum cheguei. Era a moça sem destino. Daí entrei no banheiro. Parecia um salão de baile. Me sentei, a porta meio aberta. Alguém — seria, ele? — estava me frestando. Eu ali, sem calcinha. Ele já ia entrar. Eu não tirava o olho da porta.

— Será que...

— Daí a mãe disse: *Corra. Teu irmão está chegando.* Todo de negro, descia do carro. A modo que o noivo era ele. Então acordei de cabeça amortecida.

— Não é para menos.

— Esse irmão, de negro vestido, o que você diz? Como quem vai para a última festa. Aviso de coisa ruim?

— Com você?

— Credo. Com ele.

— Seja tonta.

— Anda sempre no gole. Avança na esquina. Pensa que o carro é a bicicletinha que não teve.

— O sonho só tem relação com o passado. O futuro somos você e eu. Agora não fale.

— ...

— Veja como é quentinho.

*

— Eu não me encontro. Estou perdida no meio da rua.

— ...

— Já viu moça triste? É esta aqui.

*

— Do meu pai não gosto de falar. Tenho até vergonha. Um homem simples. E, quando bebe, agride.

— Soco e pontapé?

— Entenda bem, João. Maltrata. Resmunga. Implica. Com as pobres mulheres.

— Tua mãe sofre?

— É uma santinha. Estou ao seu lado. Comigo ele não ousa. Ainda se passa por vítima. Faz chantagem. E eu, boba, caio.

— Tadinha do meu bem.

— Doente, já deita na cama e se despede. Todo feliz quando eu choro. Por que será que eu choro, João?

— Sentimento de culpa.

Suspiro fundo.

— Que bom, João, se você fosse meu pai.

*

— Sabe que o sargento me procurou?
— Essa não. Outra vez.

— Atendi o telefone. Fiquei até emocionada. Faz de conta era nos velhos tempos. *Como vai, amor?* Voltei ao campo. Às nossas viagens. Doces briguinhas.

— O que veio fazer?

— Estava de passagem. Me propôs um encontro. Não é a mesma coisa. Não gosto mais dele. Pode ser, com os dias, venha a mudar. Já não me emociona, João. Fomos à casa...

— Ele te beijou?

— ... à casa de um amigo.

— Beijo de noventa segundos?

— Ficamos até tarde. Daí me levou de volta. Nada aconteceu.

— Nem um beijinho?

— Só na despedida. Atrás da porta, se quer saber.

— Ah, desgracido.

— Promete voltar no meu aniversário.

— E você?

— Nele não boto fé.

*

— Estou na pior.

— Tanto se queixa. Não comece.

— Não posso, João. De cabeça amortecida. Ando atordoada. Que bom deitar nesse sofá.

— Então deite.

— Tenha respeito, João. Não posso ver comida. Até o café me faz mal. Uma gripe mal-curada.

— ...

— Palavra, João. Não sei o que fazer.

— Devia cultivar otimismo.

— Inteligente você não parece. Cultivar o quê? Entre dentro de mim, João. E veja se você pode. Essa vida desgraçada. Preciso de alguém que me entenda. Já cansei de mim mesma.

— Não sou tua alma irmã?

— Sabe o que é viver numa pensão? Morar num quarto sem ninguém.

— Não tem uma amiga?

— Que come a tua maçã debaixo do travesseiro? Usa a tua blusa nova? Rouba a tua última calcinha?

— Puxa.

— De noite o caruncho pingando sem parar na tua cabeça. Você cobre-se com o lençol, sufoca de calor, grita no pesadelo.

— ...

— Quando se deita, espalha jornal em volta da cama.

— Para quê?

— Com a bulha você acorda. Antes que suba pelas cobertas uma ninhada de ratos.

— ...

— Comida não tenho. Nem café eles dão. Lá eu durmo, faço a lição, vou ao banheiro. Lavar o cabelo é teu grande consolo. Ao menos uma bacia de água está gastando. Fora do quarto, só tevê. Atende o telefone. Chamar, já não pode.

— Assim é demais.

— Eu queria era ir à cozinha. Preciso fritar um ovo, João. Sabe que proibido? Sabe o que é não poder fritar um ovo? Sabe, João?

— Não sou eu que...

— Ai, dona tinhosa. Que me aluga aquele quarto. Nos dias da gripe — dói cada vez que engole — ali não me via perecendo? Não podia, a puta daquela velha, dar um copo de leite? Com febre alta, João, tive de levantar da cama e sair para a rua. Comer alguma coisa para não morrer. Imagine o meu fim sozinha naquele cortiço.

— Nem fale, amor.

— Saí na chuva, João. Em busca da minha bandeja. O mais que consegui foi roer meio pão. Molhado no café preto. Aí, sim, me deu vontade de soluçar.

— Com razão.

— Tua Curitiba não aguento mais.

— Nunca leu as famosas lamentações de um tal...

— Já ouvi falar.

— Sabe Curitiba o que é?

— ...

— *Uma cadela engatada que espuma, uiva, morde, arrastando o macho.*

— Credo, João.

— *...e perseguida pelos anjos vingadores que atiram pedras.*

— Me pergunta por que no sábado vou para casa. Às vezes penso em ficar. Juro que fico. Depois do almoço, caio em mim: Fazendo o quê? Andando a esmo na rua? Vendo tevê, encolhida no sofá? Daí, eu fujo. Aqui é pior. Cidade maldita de merda. Você entende, João?

— Decerto, amor. Quer dar um beijinho?

*

— E o Nando?
— Desse não quero saber.
— Até amanhã?
— Para sempre.
— Por que não pede que ele volte? Serve de capacho.
— Nossa, João. Minha mãe bem diz: *Roga-se aos santos, não a um pecador.*

*

— Hoje foi aula de Anatomia. O meu primeiro cadáver. Coberto, por lençol imundo. De fora só o pé descalço. Alguém o descobriu: *Com medo, menina?* "Estou com pena."

— Quer dar um beijinho?

— Eu o vi inteiro. Era um velhinho. Todinho nu. De relance olhei a coisinha dele. Depois a barba por fazer, o bigode grisalho, um corte feio no pescoço.

— Assim, não.

— Estava meio cinzento. Cheirava a formol. Já sentiu? Uma catinga doce.

— Mais um pouco. Bem assim.

— A catinga do nosso medo. Me deu ânsia. Tossi e comecei a fungar. Um colega me disse: *Não chore, sua boba. Esses aí foram bêbados e vagabundos. A ninguém fizeram nada de bom. Agora valem para algum coisa.*

— Veja como é quentinho.

— "Pensa que o velhinho é uma barra de chocolate? Tenho pena dele, e pronto."

— Não pare.

— Engraçada a barbinha, João. Não há formol que derreta. Parecia ter feito a barba no último domingo. Se eu passo a mão? Só pensar, todinha arrepiada.

— Ouça como bate as horas.

— Não posso ver no velhinho um resto de carniça. Por ele tenho respeito. Não adianta me dizer que presta serviço.

— Agora não fale.

— Vejo o velhinho vivo. Abrindo o olhinho vermelho. Chupando a boquinha torta. Nem um dente, o pobre: *Que é isso, minha filha?*

— Me beije, amor.

— Ali servido na mesa. Me olhando e cheirando. Um grande peixe cinzento. Sabe, João?

— Ai, anjo. Ai, ai.

— Da unha encravada. Só me lembro. No dedão direito.

Apanhei-te cavaquinho

O nosso Ditinho, ai que dó. Já estava no fim. Você também achou? Meio surdo, asmático, a voz era um sopro lá no fundo. Na rua, de repente se chegava por trás, me pegava no braço:

— Quero uma escova e pasta. Para mim você compra?

Cada vez mais rouco. Íamos à farmácia. Me dava o dinheiro, eu falava com a balconista. Tanta pena do camaradinha. Sabia pedir duas coisas, apenas com gesto: cafezinho (erguia o indicador bem torto) e cigarro (apontava a marca, fumante desgraçado). Contanto que não falasse, era incapaz.

O último rebento fanado da sexta ou sétima união incestuosa de primo com prima. O famoso louquinho da tradicional família curitibana que, ao chegar visita, é fechado no porão.

Além da mãezinha, só uma mulher ele amou na vida — a sua grande paixão secreta. Uma artista americana de cinema, célebre na época. Não é que esqueci o nome? Ditinho escreveu-lhe mil e uma cartas de amor desesperado, mesmo em português. Propunha casamento, pacto de morte, fuga para Antonina. Sob registro, mandou seis fotos coloridas: de cachimbo, lendo uma revista, todo risonho, de perfil. Depois a impressão da mão, assinalada a longa linha do amor. Por fim o contorno em vermelho do troféu de Mister Curitiba — duas vezes ampliado. Em resposta chegava do estúdio sempre o mesmo retrato em branco e preto.

Quando ela noivou, o nosso herói surgiu cambaleante no bar:

— Viu só? O que a bandida me fez?

Bebia rum puro, de um gole só. Logo a testinha perolada de suor frio. Escorregava da cadeira, em coma alcoólico — os amigos o assistiam, não morresse ali mesmo. Como explicar à santa mãezinha?

Na hora em que a atriz casava, ele rabiscou bilhete de despedida e engoliu setenta e seis comprimidos de vários tamanhos e cores. Dormiu dois dias e três noites, com a mãe e a irmã se revezando na cabeceira. Abriu o olhinho raiado de sangue, a velha começou:

— Ditinho, por que...

— O Ditinho morreu.

Durão, exigiu que o tratassem pelo nome, cultivou tossinha nervosa e bigodinho feroz.

— Ah, doce inimiga. Para você amor é alô, um beijo e adeus?

Tinha razão: seis meses não durou o casamento. Quando a traidora se separou, ele devolveu o desprezo:

— Viu só? Aqui do gostosão não esquece.

Quase surdo, maníaco por *jazz* e ópera de Verdi. Um agudo desafinado, exibia furioso o dentinho de ouro:

— Viu? Viu só? — saltitando na pontinha do pé.
— Esfolo vivo. E bebo o sangue.

Com aquele tamaninho e tudo, aquela mãozinha peluda, tocava piano. E não tocava mal. Ofendido quando eu pedia marchinha carnavalesca. Baixando a tampa, sacudia os bracinhos:

— É um selvagem. Não tem gosto.

No fundo da livraria o ronronar do velho gato pesteado e já sabia — era ele, folheando uma revista de cultura física, os guapos rapagões. Eu me inclinava para distinguir o fiozinho de voz:

— Já não tenho amigo. Só amante.

O seu querido bofe, que recebia na sala de música. Cabecinha retorcida para o outro lá no alto. Apresentava-o como discípulo, fanático dos recitais de ópera. Recitais ou inocentes bacanais? Quem há de saber?

Ali o piano, os mil discos preciosos, as grandes caixas de som, o sofá de veludo vermelho. Seu ídolo era um negro possesso de álcool e droga. Em surdina perseguia no pianinho a alucinada clarineta.

— Olhe, que beleza. Nem uma nota em falso.

Ínfimo burocrata, esquecido na sala escura do sótão. Entre os processos empoeirados, espirrava e dedicava-se a palavras cruzadas. Se você passava no corredor, pronto escondia na gaveta o caderninho.

Desligado da conversa, suspirava fundo, olhinho perdido:

— Que será o meu canarinho está fazendo?

Odiava o irmão mais velho:

— Bêbado. Desgraçido. Quer vender a casa. E me deixa na rua.

Só restavam no antigo sobrado ele e a irmã solteirona.

— Minha segunda mãe. Quem sabe até minha mãe?

Ela que o defendia contra a cidade maldita. A salinha sagrada de música, o branquinho nas refeições, a moela, o coração e a sambiquira.

— Passe o branquinho, Maria.

O vício do arroz lavado em sete águas.

Não é que a irmã faltou de repente? Finou-se dormindo, um sorriso pálido na boquinha torta. Os amigos tremeram: Que seria do Ditinho?

No casarão agora ele e a velha criada. Quase noite, voltou do enterro. Sentado no caixote de lenha, soluçava em desespero. Subiu penosamente os degraus:

— Não me incomode. Vou descansar.

Pouco depois chegou o discípulo dileto. Ou querido bofe. Loiro alto, louco por *blue*. A negra arrastou-se pela escada, abriu a porta do quarto — ele sonhava e gemia. No pijama azul de bolinha. Uma gorda lágrima ali no canto do olho. Sacudiu-o de leve.

— Credo, Biela. Que foi?

O novo parceiro lá estava.

— Espere um pouco. Já vou.

Desceu no roupão florido de seda, lencinho no pescoço. Ofegava, sibilante, o cabelo ainda molhado para assentar o remoinho. Pintava-a bem preto. Escolheu um disco do grande Nazareth.

— A marcha fúnebre da Maria.

Violão, flauta e cavaquinho, como ele apreciava. Sem sossego, andando inquieto pela sala.

— Tanto calor.

Rebentou o botão do casaco, aflitinho.

— Ai, meu Deus. Que agonia.

Abanava-se com a revistinha. A mão crispada no lenço, abriu a boca, rolou de costas no tapete.

O outro saiu correndo:

— Alguém acuda. Chame o doutor.

Era tarde, mortinho para sempre: um simples retrato desbotado em branco e preto. E o violão do chorinho nunca foi mais brejeiro.

Nem te conto, João

— Nem te conto, João. Cansei de ficar em casa. Fui visitar o meu irmão casado. *Sabe quem saiu daqui? O Nando. Veio exibir o blusão de couro. Ficou quase duas horas. Por pouco você não dá com ele. Insisti que tomasse café. Ele se desculpou. Tinha um compromisso. Esfregava as mãos. Estou com pressa.* "Ah, é? Decerto foi atrás de mulher", eu respondi. Chateada, voltei para casa. Na praça pego um táxi. Diante da lanchonete, na esquina, vejo o carrinho encostado. Esse carrinho meu conhecido até no escuro. "Pare aqui na esquina." Achei que o Nando e o Tito estavam lá dentro. Queria fazer uma surpresa. Nossa, João. Não imagina o susto.

— Meu também.

— O Nando ali na companhia de uma preta. O pixaim mal pintado. Sombra verde na pálpebra, já viu? Calça vermelha enfiada na bota de franja. Uma putinha qualquer. Pensa que eu saí? Fui ao balcão, pedi gasosa de framboesa.

— ...

— De frente para eles. Bebiam vinho *rosé* — que filho da. E fumavam. Esperando a *pizza*. Não me contive e me aproximei.

— Essa não.

— "Pelo que vejo, a sua escolha foi pior que a minha." O pobre ficou atrapalhado. Virei a cara e voltei ao balcão.

— Que desaforada.

— Entre um gladiador romano e uma pretinha, o que você acha?

— Acho que é despeito.

— Arre, lá vem você. Feito o meu irmão. Que eu não devia. O lugar era público. "Na porta de minha casa?" Levou a putinha só para me provocar. Se visse o atrapalho dele quando chegou a *pizza*. Não sabendo se servia a negrinha. Afinal tirou um pedaço só para ele. Fiquei me divertindo.

— Isso é covardia.

— Sábado vou lá com um engraxate. Daí sabe o que é bom. Esse puto desgraçado.

— Não seja marota.

*

— Já esqueceu o velhinho da unha encravada?

— Nem me deixou contar. Muito bonito, não é? Você corta o cadáver, aquele naco de filé. Não podia ver carne. Todo bife era do pobre velho.

— Ih, pare com isso.

— Meu irmão assou uma costela. *Venha comer, maninha. Veja como está gostosa.* "Gostosa, o quê? A costela do velhinho?" Agora já belisco. Mas ainda penso. Sabe hoje o que fiz?

— ...

— Toquei num pedaço de fígado.

— Do velhinho?

— De outro. Me fugiu entre os dedos. Um colega mostrou o útero de uma mulher. *Veja que pequenininho. Como é delicado.* Uma das bichas da turma.

— De homem na tua turma só tem bicha.

— "Queria que fosse tamanho do quê?"

— E como era?

— Igualzinho a uma ameixa amarela. Sem o caroço.

— Ainda ri.

— Agora mais acostumada. Já não choro. Tenho até luva de mexer na tripa dos outros.

— Quer dar um beijinho?

— Vi um homem com uma machadada na cabeça. Vi a mulher que caiu no poço. Outro que levou um tiro bem aqui.

*

— Diabo do Nando me persegue. Não deixa em paz. Me ameaça, o desgraçado.

— Ui, que medo.

— *Se te vejo com outro, digo: Como vai, meu amor? E te dou um beijo.* "Nem beijar você sabe." *Se você não me quer, faço uma bobagem. Tome cuidado, menina.*

— Não se assustou?

— Namorado desse tipo me aborrece. O pior é que jurou falar com meu pai.

— Se ele bebe formicida? Se afoga no poço?

— Até fico feliz. O primeiro que se mata por mim.

— Embebe a roupa em querosene e ateia fogo?
— Pobrezinho. Dá uma pena. E bruta raiva.

*

— Não entende, João, que eu preciso? Qualquer dia pego um amante. Homem feio. Velho até. Que me dê chinelinho vermelho de pompom.

*

— Me falou de duas moças de Antonina. Uma chamada Rosa, outra Teresa. O pretexto que eu buscava. "Volte para tua Teresa. Sei que gosta da Rosa." De nada serviu. *Meu amor é só você. Por você eu morro e mato.* "Mate tua irmã, vagabundo."
— Cuidado, menina.
— Tomara um noivo que não goste de mim. Chega de moço que gosta. Só querendo se matar.

*

— Homem ciumento e baboso não aceito. Eu vinha com o Maneco na Praça Tiradentes. Tínhamos ido ao cinema.

— Qual o filme? De mulher nua?

— Quem vejo na esquina? Disse ao Maneco: "Vamos fugir. Eu por aqui, você por lá." Pequeninho mas valente: *Por que fugir? Enfrentar não me custa.* Eu via o carrinho ali na esquina. O Maneco envolveu meu ombro. *Vamos à luta.*

— Assim que é.

— Passamos rente ao carro. Ofereci a face, o Maneco deu beijinho aqui. Ouvimos o rugido da fera. Um amigo do Nando me disse que ele ficou louco. *Eu mato essa bandida. Ela não me duvide.* Deu calmante de maracujá: "Calma, rapaz. Contenha-se."

— Que perigo.

— Passamos pelo carro e entrei. O Maneco quis ficar conversando na porta. "Está muito exibido. Para mim, chega." Subi e me fechei no quarto. Dali a pouco a empregadinha bateu: *O Nando está aí. Quer falar com você.* Diga para ele: "Com uma dor na boca do estômago. Bem aqui. Já me deitei."

— Ele acreditou?

— Imagine a raiva. Mandou rosas vermelhas: *Não posso sem você*. E eu, firme. Até que me disse no telefone: *Só mais uma vez. Se não fala comigo, sei o que faço.*

— E agora, menina?

— Cedi. De pena, cedi. Marcamos um jantar. Sabe que ele chorava?

— Não me diga.

— Debruçado no volante. Assim, a cabeça no braço. *Tenho obsessão por você.* Tipo da palavrinha enjoada. *Quero casar em janeiro.* "Casar, como? Se não tem nada?" Não me comoveu.

— Ah, ingrata.

— Fomos tomar sopa. Na saída, ele tinha esquecido a carteira no carro. Puxei minha única e última nota. "Deixe que pago. Lá fora me devolve."

— Bonito gesto.

— Minha mão cavalgou na mesa, montada na notinha.

— ...

— De mansinho ele pegou. Na porta da pensão, a velha conversa, sempre a mesma. Não sei se estava irritada e ele me irritou mais.

— Seja doce, anjo.

— Tirou uma nota da carteira e estendeu de volta. O dinheiro na mão, eu disse: "Preciso de trinta mil. Pagar minhas dívidas." Hoje em dia, João, não é nada.

— ...

— O safado respondeu: *Quem pensa que é? Nem o que deve me pagou ainda.* Devia em táxi duas notas. Coragem de alegar. O sangue me ferveu. Sabe o que fiz? Rasguei a nota.

— Em mil pedacinhos?

— Dois pedaços. Mesmo brava, boba não sou.

— Jogou no chão?

— Foi na cara do puto. "Engula, seu carniça." Com toda a força bati a porta. Ele quis segurar meu braço. Não alcançou. Subi batendo os pés. Peguei a fita emprestada, desci e joguei no vidro do carro. "Engula isso." Ele gritou: *Você me paga. Eu estrago tua vida.*

— Barbaridade.

— Voltei para o quarto e apaguei a luz. Fiquei no escuro, João. Sentada na beira da cama. Toda vestida, quase uma hora. Pela fresta via o carro lá embaixo.

— Pensava em quê?

— Cansada, cochilei. De repente o barulho do motor. Tinha desistido, foi embora. Daí acendi a luz. Me despi depressa, pus a camisolinha azul. Fiz o nome do padre e apaguei a luz.

— Sonhou com os anjos?

— Não gostei desse: *Eu estrago tua vida*. Telefono ao banco, falo com o gerente. Que já dei parte à polícia.

— Nada de escândalo. Esqueça o tipinho.

— Já viu? *Estrago tua vida*. O que ele pode fazer, João?

— Agora não fale.

— ...

— Venha sem calcinha, anjo.

Volta do banheiro, a calça comprida na mão. Senta-se, braba. Ajudo a tirar a botinha. Me arrependo:

— Fique com ela.

Meinha branca do uniforme de ginástica. Já esfrego o queixo na coxa fosforescente.

— Calma, rapaz. Contenha-se.

Beijos delirantes na covinha do joelho. Eu, sim, de joelho. Sempre sentada, repõe a botinha cinza.

Agora de pé, enlaço-a com força.

— Ai, bundinha mais santa.

— Engordei. Um colega também me disse. Respondi: "Estou dando. É por isso."

— Que desbocada.

Em surdina enrolo a pontinha do elástico. Me afasta a mão e se desfaz da calcinha rosa, que atira no sofá.

— Espere.

Cai no chão, ela tem de apanhar.

— Ai, que tão aflito.

Mãezinha do céu, envolvo a doce barriguinha.

— Mexa um pouco. Eu para a frente. Você para trás.

Ela não se mexe.

— Um gesto teu me basta.

Não faz, a desgracida. Mais você suplica, mais soberba te despreza.

Fungo na nuca. Aperto o peitinho.

— Aí, não. Dói.

Mão boba acima e abaixo. Sem pena, agarra-a e prende. Um tantinho mais lânguida. Pescoço torto, admiro a face calipígia.

— Assim, não.

— ...

— Alarga minha blusa.

— Venha, anjo.

— ...

— Sentadinha em mim.

— Isso não faço.

— Amor, seja boazinha.

— Assim não gosto, João.

Já rabiosa, encolhida no sofá. Pelo tremor da pálpebra, eu sei. Aos beijos me perco nas voltas da coxinha arrepiada.

— Que maravilha.

A famosa cócega na ponta do nariz.

— Assim não alcanço, anjo. Mais para a frente. Um pouquinho.

Esse pequeno meneio de quadril já me alucina. Se não fala, adivinho pelo menor sinal. Daí a loucura.

— Diga: Meu amor. Gema. Suspire, anjo.

— ...

— Grite. Me tire sangue.

Toda em sossego.

— Ai, ai.

Não é ela, sou eu. Bem que se retorce, respiração afogada. A cabeça rola no espaldar, chega a rilhar os dentinhos à mostra.

— Agora é a minha vez.

Ela, de joelho. Eu, sentado. Erguendo o cabelinho que cai no rosto.

— Lá vou eu.

Olha eu aqui, mãe, sem as mãos.

Vestida e penteada, torna do banheiro. Epa, roça o ombro na parede.

— Puxa, ainda aturdida.

— Viu como foi bom?

Nem se digna responder.

*

— Sabe que no sonho eu chorava? Não é que acordei em pranto?

— O sonho é alegre, a gente ri dormindo.

— Só que de verdade o choro. Tinha lágrimas. Acordei com o rosto molhado.

Com o facão, dói

Mal a pobre se queixa:

— Ai, que vida infeliz.

Ele a cobre de soco e pontapé:

— E agora? Está se divertindo?

A família vive em constante desespero com as atitudes violentas do homem.

— Ele parece louco. Mais de ano que não trabalha. Não é capaz de pegar um copo d'água. Tudo tem que ser dado na mão.

Para ganhar um dinheirinho, dona Maria se arrebenta de tanto que bate roupa.

— Sou uma escrava. As duas filhas mais velhas sustentam a casa. Uma é caixeira e a outra doméstica.

A última cena de fúria na noite de sábado. João começa a bater em Rosinha, de treze anos. Vendo que já está bêbado, ela pede que não convide o vizinho para jogar víspora. Além de ser muito tarde, o pai continuará bebendo, ainda mais raivoso.

Como o pai espanca a irmã, que nada fez, a caixeira Odete, de quinze anos, tenta acalmá-lo e acaba também apanhando. Em defesa das filhas, acode dona Maria, a maior vítima. Alcançando o cabo de vassoura, João surra tanto que a deixa de cabeça partida e o braço direito quebrado.

— Só o começo, sua bandida. Para você aprender.

Além das duas meninas, o casal tem mais três filhas menores, que também apanham, dia sim, dia não. Todas são vítimas dos ataques de João. Depois de surrá-las sem piedade, promete matar uma por uma se não obedecem às ordens.

— O distinto vive como um rei. Ao acordar chama as filhas. Que uma lhe lave os pés. Outra penteie o cabelo. E, todo nu, façam massagem pelo corpo.

— Não sou o galã do barraco?

Agarra e beija as mais velhas — com força e na boca. Você piou? Já viu: apanha sem dó. Ele passa o dia bebendo, chega em casa, reina por um nadinha. Decidido a se vingar na mulher e os cinco anjinhos.

— João vive de porre. Sempre mais bêbado que são. Já cai na valeta antes da porta. Se não bastasse, até fome a gente passa.

Sem sossego, ele se queixa de Maria, que lhe roubou a paz de espírito.

— Não aguento mais. Ela fez uma ligação no meu corpo. Me usa igual um telefone. Enrola o meu intestino, puxa para um lado e para outro. Assim toma conta de minha mente.

Quinze anos ela sofre com o seu querido carrasco, explorada até o último cigarro.

— O pobre bebe desde criança. A mãe que ensinou. Quando o conheci, já no copo. Eu tinha esperança que mudasse.

— São um bando de feiticeiras. A polícia tem que tomar alguma providência. Isso tem de ser proibido.

Outro dia ela atende no portão um piá que pede prato de comida. João pela rua aos gritos que é dona infiel.

— Me tapou o olho com um bruto soco. Me atropelou fora de casa. Dormi no sereno, encostada na parede. As crianças ele chaveou dentro. Bateu na mais velha com um cabo de facão. Sacudia pelo pescoço. Jurou o fim de nós todas.

— Essa mulher faz arte de bruxaria. Quer me arruinar. Tem de haver alguma lei que proíba essa ligação. Eu sou sadio. Não é que me internou no Asilo Nossa Senhora da Luz? Onde estou ela me persegue, toma conta da minha cabeça, só me azucrina.

Dona Maria, sofrendo maus-tratos do companheiro, não sabe como resolver o seu problema.

— Eu gostava dele. Depois desse bendito sábado, quero distância. Quanto mais longe, melhor. De mim e dos anjinhos. Já trabalhamos, eu e as duas meninas. Que ele me dê o barraco, é das crianças. Mais a pensão delas. Casada não sou. Sei que tenho direito.

— Para se apossar da casa, ela rouba a minha vida. Torce a minha memória, amarra o meu intestino, quer mandar em mim. Isso não pode acontecer.

Desanimada, Maria sonha ficar em paz, na companhia de Odete, Rosinha (a ponta do mindinho por ele decepada com a faca de pão), Suzana, sete anos, Filó, três, e das Dores, um ano e seis meses. Todas registradas da Silva, o sobrenome de João.

— Essas eu fiz para mim. Qualquer dia me sirvo. Filha minha para outro não engordo.

— Ele diz que não pode sem a velha. Quem gosta faz o que me fez? Me rachou a cabeça. Partiu o braço, logo o direito. Agora como é que lavo roupa?

João sabe que é difícil explicar sua história. Como não é fácil para os outros entenderem.

— Quando são, é um homem e tanto. Bêbado, só dá desgosto. Quebra tudo. Barbariza as filhas. De mim tira sangue.

Ele não perde a esperança de se livrar da famosa bruxa Maria.

— Ainda seja preciso acabar com ela. E uma por uma das diabinhas.

Suzana, a preferida, bem gaguinha dos croques na mioleira.

— A ele eu dou tudo. É calça de veludo, é sabonete, é cigarro.

Os vizinhos já não dormem com tanto grito de criança.

— De volta ganho mais porrada.

Entre os berros de João:

— Isso não pode continuar. Estou desesperado. Que alguém me acuda.

Só de traidora ela se queixa:

— Ai, que vida infeliz.

João revida com soco, pontapé e cabeçada.

— E agora? Está se divertindo?

Apanha ela (grávida de três meses) e apanham as cinco pestinhas. Uma das menores fica de joelho e mão posta:

— Sai sangue, pai. Não com o facão, paizinho. Com o facão, dói.

Querido assassino

— Sabe quem é?
— Como vai, Maria?
— Teu ouvido não falha. Nem quando estou rouca. Fiquei de cama. Com febre.
— Será que pega pelo telefone?
— Sabe? Estou com saudade.
— Que pena. Hoje não posso. Como vai a Zefa?
— Está no asilo. Uma preguiça de ir lá. Tão triste que é. Nas férias ficou uns dias comigo.
— E ela se queixa?
— Das outras velhas. Dela judiam.
— Será mesmo?
— Sempre foi intrigante, essa aí.
— E o canino amarelo? Ainda tem?
— Até ele caiu.
— Como passou na tua casa?

— Só dormia. Acordava para comer. Papinha na tigela. Eu dava a colher na boca.

— Lembrava os bons tempos?

— Não fala mais. Pudera, oitenta anos. Já não faz pé de moleque. Nem cocada branca. Está encolhendo, cada vez menor. Sabe o que é um caqui murcho na gaveta?

— E você? Tem tido aventuras?

— Só o médico.

— Então me conte.

— É engraçado. Fez aquilo. Outra vez.

— Em decúbito ventral?

— Até medo de dizer pelo telefone. Uma linha cruzada, já pensou?

— De manhã as linhas não se cruzam. Como é que foi?

— Foi agora. Meu marido viajou. À noite não posso sair e no consultório dele é perigoso. Marcamos encontro na quitinete dum amigo.

— À tarde?

— Duas horas. Fazia calor. Deixei as meninas no bondinho da praça.

— Esse bondinho agora sei para que serve.

— Cheguei atrasada. O pobre já tinha tirado a roupa. Só de cueca de bolinha, relógio de pulso, meia preta.

— Se alguém bate e ele abre a porta?

— Pelo toque da campainha sabia que era eu.

— ...

— Me viu pelo olho mágico, seu bobo. Já quis ir para a cama. Logo deitando de bruços. Pompom bem branco.

— É maior que você?

— Um homem grande. Duas de mim, tadinha.

— O que ele inventou?

— Abria com as mãos. Aquele bubu de geleia de mocotó. Disse o que você já sabe.

— Não me lembro.

— *Venha por cima. Esfregue ele. Ai, amor. Como é bom.*

— E você o que fez?

— Tanta coisa que tenho medo de contar.

— Ah, safadinha.

— Queria que eu falasse. *Faça de conta. Fale. Agora sou mulher.* Tinha levado o vibrador, que ele pediu na vez passada.

— Que vibrador é esse?

— Comprido, rosa-pálido, redondo na ponta. A gente usa para massagem na pele. Ele de bruços. Nuazinha, deitei do lado.

— ...

— Olho fechado, sonhando o quê? Aí fui dizendo: "Já esfrego na tua cara. Disso que você precisa. Não tem vergonha?" E a bulha de mansinho.

— Como que é?

— O trote de um cachorrinho na calçada. "Agora perto dessa boquinha". Sabe o que ele fez? Botou a língua azul de fora. Fui esfregando na nuca, atrás da orelha, em volta da boca.

— E ele? Ainda de olho fechado?

— Fui por cima. De joelho na cama. Pedi que ajudasse. "Está gostando? Quero te machucar. Não tem perdão."

— E ele?

— *Assim é bom. Ai, eu morro. Assim que eu gosto.* Então rolei a pontinha. Bem devagar.

— Que sabidinha.

— A pilha fraca. Que azar, já viu? *Quero mais. Judie de mim. Me bata. Com força. Sou tua mulher.* Nessa hora o vibrador pifou.

— E daí? Fale.

— Para que serve o dedo?

— Você é uma artista. Qual deles?

— O mais gordinho.

— E o que...

— Gemia que eu não parasse. Com a boquinha meia torta no travesseiro: *Fale, amor. Castigue a menina malvada. Faça mais.*

— O que você dizia?

— Tenho medo do telefone.

— Seja boba.

— "Agora, sim. O que você queria. Está doendo?" *Eu morro. Não. Me mate senão é um assassino.* "Tua hora chegou. Sua grande boneca. Já imaginou? Tua mãe te visse agora? Teu velho pai aqui de chicote? Já não me escapa, sua louca."

— Puxa, você sabe das coisas.

— Dizendo essas bobagens, fazia de leve com o terceiro dedo. Ele e eu em transe. Fiquei lavada de suor. O bruto homem deitado. E eu ali de joelho. Ou galopando por trás.

— ...

— Ai, João do céu. Como eu cansei.

— E ele se excitou?
— Sei que a bicha nessa hora tem ereção. Ele, nada. Só no fim...
— O quê?
— Me virou de costas. Fechasse bem as pernas. Veio por cima, com pouca vontade. Tentou sem poder. A cara afundada no lençol, gemia baixinho.
— Aposto que...
— Depois me deu duas notas. O bom nele é isso.
— O que disse?
— *É uma diabinha. De mim não sei o que fez. Nunca me aconteceu.* Ah, se ele soubesse.
— Não perguntou se...
— Bem aflita com as meninas lá no bondinho. Fazia mais de uma hora. Peguei o dinheirinho e saí correndo.
— Ele é casado?
— Três filhos crescidos. "Tua mulher é a noivinha do tempo em que eu varria o consultório?" O pobre, meio triste: *Ela mesma.*
— Por que será que é assim?
— Ninguém sabe por que você é assim. Na casa de nhá Lurdinha, já te falei, os clientes querem ver. Me

abraçava e beijava com outra menina. Brincando no tapete vermelho. Até que era bom. Quando contei, ele ficou atiçadinho. Imaginou que eu era o homem das duas.

— ...

— Agora sou o homem da vida dele.

— E quando chegou ao bondinho...

— Antes passei na Caixa. Pagar o juro da cautela. Um anel de brilhante, uma pulseira da Zefa, o broche com rubi. De leilão já não periga.

— ...as meninas não estavam chorando?

— A menor, bem querida, correu para mim. Molhou a cara de tanto beijo: *Ai, mãezinha fofinha.*

Certo, cara?

Eu vou contar tudo. Foi assim, saio do trabalho às sete e corro para a aula de inglês. Às nove chego em casa, o meu filhinho já está dormindo e a mulher ali diante da tevê.

À tarde havia recebido o dinheiro do empréstimo. Alegre separei uma nota para a Maria comprar a botinha de franja.

— Só isso? Vai me dar tão pouco?

— O resto é para a entrada do apartamento.

— Quanto tu tem?

Fiz as contas: É tanto.

— Sei de um carrinho bonitinho. A gente podia comprar.

— Quero pagar as dívidas. O dinheiro mal dá para o negócio. Veja aqui no papel.

— Ah, é? Fosse para a outra tu dava.

— Bem sabe, nada mais tenho com ela. Desde que te conheci.

— Você prometeu. Esse anjinho ficou acordado. Onde está o presente?

— Não deu tempo. Um sufoco o dia inteiro. Amanhã nós compramos, não é, amigão?

— Olha aqui, meu filho. Não sabe quanto custa, quanta lágrima de sangue custa um maldito dinheiro.

— Por que diz isso para o menino? Só para me ofender, não é? Quer dizer que está comigo por dinheiro. Deixe essa garrafa. Beber não adianta. Vejo que tudo está perdido.

Deitei o garoto na cama. Fui para a cozinha fazer a lição de inglês. Ela ficou na sala bebendo e olhando a tevê. Copo na mão, veio me provocar.

— Tu não é homem, coroa miserável.

A gente foi para a sala. Ela sentou-se no sofá e cruzou as lindas pernas. Batia palmas que eu não era homem.

— Tu não passa de velho sujo.

Ela continuou a beber e fui o quarto. Ao lado do berço, falando em voz baixa, não acordar o menino.

— Já não aguento mais. Sofri muita desfeita. Ela me cobriu de vergonha. Um velho nunca deve se envolver com mocinha, Acaba sempre mal. Era professor e quis ajudá-la. Ia perder o ano. Graças a mim ela passou. Daí começou a me namorar. Dizia para todos que era o coroa dela, sem eu saber. Até que um dia eu estava apaixonado. Aí começou a tragédia. Fazia de mim o que entendia, era relaxada e infiel.

Aos gritos vinha até a porta, eu já não servia como homem.

— Estou numa boa, cara.

Voltei para a sala.

— Caio fora. E tu fica sem ninguém.

— Você me traiu, menina. Sujou o meu nome.

— Tu é velho careta, João.

— Era só te ver, eu caía de joelho e mão posta. Então me diga. O que fiz de errado?

— Errado fez tudo. Só me quis porque era novinha, bonitinha. Não um coroa de cinquenta. Bobinha eu era. Dezesseis aninhos, já viu. Me tirou da casa de meu pai. Nem consentimento pediu. *Vou levar sua filha. Ela gosta de mim.* Bem que te agradei, foram sete anos. Te dei um filho. E fui sempre honesta.

— Você me enganou. Não foi um só.

— Me deu o meu primo como homem. O Tito como homem. O irmão da Rosa como homem. Prova contra mim não tem. Se alguém fala de mim tu chega aqui e me chuta da cama.

— Cínica, além de mentirosa.

— De mim fez uma escrava. Nunca teve consideração comigo.

— Eu te dei tudo. Até o que não tinha.

— E sabe por quê? Era filha de um pobre barbeiro.

— Não confessou que me traiu? Mais de uma vez. Teu primo. O Tito. O irmão da Rosa. Quem mais?

— Pudera. Me ameaçando com um revólver na cabeça.

— Grandíssima fingida.

— Ah, é? Tu é podre, cara. Tu não é homem. Se tu nega, que nunca botou revólver na minha cabeça, tu é podre.

— Nem se lembrou desse anjinho ali no berço?

O garoto acordou com os gritos. Veio até a sala, descalço. Perguntou se a mãe ia embora. Ela o levou para o quarto. Quando ele dormiu, tudo começava de novo.

— Tu é um guapeca lazarento.
— Guapeca lazarento é tua mãe.
— Não esqueça. Tudo que tu me faz. Certo, cara? Tu me paga.

A briga durou a noite inteira e acabou nessa desgraça.

— Você quer é dinheiro. Quer dinheiro, não é? Para o carrinho vermelho.

Ali na porta o menino outra vez. Me pediu não afogasse a mãe.

— Mãezinha, não beba. Não grite com o pai. Por que você vai embora?

— Pare com esse pigarro, velho sujo. Ah, que nojo. Desde o primeiro dia. Esse teu maldito pigarro.

Acho que bati nela. Era tão pequena. Sou homem grande, não foi com força. De mão fechada, machucava muito. Isso eu nunca quis. A mãe dela pode falar, está no seu papel. Sempre a tratei como nunca ninguém fez. Dela tudo suportei. Nunca lhe faltou nada. Até um pouco de luxo ela teve e eu não sou rico.

— Sabe do que mais? Tu não presta na cama, velho porco.

Peguei-a pelos cabelos, bati com a cabeça na parede.

— Cala a boca, desgraçida. Até me rasgou a camisa.
— Não calo. A boca é minha. Veja, seu bandido. O que me fez.
— Os vizinhos já reclamam. Está bêbada. Não grite.
— Ah, é? Me mate se for homem. Nem para matar tu é macho.

Nunca pensei em atirar. Disparou quando ela foi me tomar a arma. Viu que ia me matar. Por que ela fez isso?

— Deixe de fingir, menina.

Ela está ferida.

— Levante-se daí do sofá.

Preciso pedir socorro.

— Não chore, amigão. A mãe só dormindo.
— Tem um buraco no olho. Por que ela está chorando sangue?
— Meu filho, não foi nada.
— Ela já não vai embora, né, pai?

O culpado sou eu, que não morri. Ela ia me abandonar. Eu já tinha passado vergonha demais. Eu, eu fiz sem querer. Eu a amava. Só ela, meu Deus, não entendia. Certo, cara?

— Mãe, acorde.

— E agora? Deus, ó Deus! Quem devia estar morto era eu. Só eu. Com ela tudo se foi. Tudo eu perdi. Não sou mais nada.

— Fale comigo, mãezinha.

Orgias do minotauro

— Não. Sente no sofá. Aqui é melhor.
— Estou com pressa, doutor.
— É loiro natural teu cabelo?
— Clareio com xampu.
— Pensou na minha proposta?
— Não vim aqui para isso.
— De fato. É que a assinatura na procuração não confere.
— Uns rabinhos que inventei. Para enfeitar. Só de nervosa.

Pego na mãozinha — ela deixa.

— O que eu quero é isso. Por mim ficava a manhã inteira. Namorando você. Mãozinha dada. É o que me basta.

Longe o olhinho azul, enjoada de ouvir elogio.

— Dar um beijinho. Aqui.

Me achego e beijo a face — sem pintura, que maravilha. Fagueira penugem de nêspera madurinha.
— Na boquinha? Bem de leve.
— Não.
— Hoje está cheirosa.
Perfumou-se para vir aqui. Mais indiferente que pareça.
— É francês.
— Nem precisa. Já viu macieira iluminada em flor toda suspirosa de abelha? É você.
— ...
— Me conta a tua vida. Disse que trabalha desde os onze anos. Que aconteceu nos últimos dez?
— Primeiro a mãe veio morar aqui. Viúva, uma tropa de filhos. De oito sou a terceira. Ela não se acostumou. Daí eu fiquei. Como um traste esquecido.
— Morava com quem?
— Na casa de outra menina.
— De graça?
— Pagava com meu trabalhinho. Na vida nada é de graça. Daí fui mudando de emprego. E hoje aqui estou. Sofrida e triste.

— Anos difíceis. Não gosta de falar? A palma de tua mão está úmida. Será de aflita?

Os dedos entrelaçados, vez em quando os aperto — uma em cinco ela responde.

— Acho que sim.

— De mim não tenha medo.

— E hei de ter?

— Já que não fala de tua vida. Me conte como você é. Que mãozinha linda. Quanto você tem de quadril?

— Não sei.

Afagando e medindo coxa acima.

— Calculo uns noventa.

— Emagreci bastante.

— E o teu peitinho? Posso pegar?

Alcanço o primeiro botão da blusinha branca, já se defende.

— Assim, não.

— Como será que é? Muita vontade de ver o biquinho.

— Igual das outras.

— Aí que se engana. É diferente. Um tem o bico mais escuro. Outro, durinho e rosado. O teu deve ser assim.

— Nunca reparei.

— Sabe que um é mais pequeno que outro? Será o teu esquerdo?

— ...

— De uma, o seio raso da taça de champanha. De outra, bojudo copo de conhaque para aquecer na palma da mão.

— ...

— Pensou na minha proposta? Umas poucas de concessões.

— Como assim?

— Primeiro pego na tua mão. O que já deixou. Isso é bom. Me faz tanto bem.

Não me contenho e agarro uma e outra.

— Depois te apalpo. Aqui.

Em delírio aliso a coxa trêmula.

— Daí te beijo. Não esse beijinho na face. Um turbilhão louco de beijos.

E dou um, dois, três. De leve, para não assustar.

— Enfim um beijo de língua. Que você retribui.

Dardejo a linguinha de lagartixa sequiosa debaixo da pedra.

— Sabe o que é acabar?

— ...

— Sabe ou não?

— Para mim é terminar alguma coisa.

— Não é bem isso. Os livros dizem orgasmo. A parte mais gostosa do ato sexual. Já experimentou?

— Não sei o que é.

— Será que é fria? Ou não achou quem te entendesse. Te iniciasse com doçura e paciência. Sabe o que eu faria?

— ...

— Te ajudava a baixar essa calça azul. Abria as tuas pernas. E com este dedinho acordava o teu vulcão.

— Credo, doutor.

Interessada, quem sabe. Um tantinho incrédula.

— Nunca mais seria a mesma. Chamaria você de nuvem, anjo, estrela. O que alguém jamais disse a ninguém. Sabe, Maria?

— ...

— Você é a redonda lua verde do olho amarelo...

— Nossa, doutor.

— ...que, aos cinco anos, desenhei na capa do meu caderno escolar.

— ...

— Mimosa flor com duas tetas. Dália sensitiva com bundinha.

— ...

— Uma empadinha recheada de camarão e premiada com azeitona preta.

— ...

— Já viu canarinha branca se banhando de penas arrepiadas na tigela florida?

— ...

— Você faz de mim uma criança com bichas que come terra.

— Assim eu encabulo, doutor.

— No meio das pernas um botão chamado cli-tó-ris. Ali é que meu dedinho ia bulir.

Cada vez mais afrontada e afogueada.

— Depois te beijava da ponta do cabelo até a unha encarnada do pé. Cada pedacinho escondido de teu corpo. Afastava essa coxa branquinha de arroz lavado em sete águas. E me perdia no teu abismo de grandes lábios de rosa.

Agora a mãozinha quente e molhada.

— Sou homem de certa idade. Com a minha vivência faria você sentir prazer até no terceiro dedinho do pé esquerdo. De tanto gozo sairia flutuando pela janela sobre os telhados da Praça Tiradentes.

— ...

— E virgem, se quiser, você continua.

— ...

— Juro que te respeito. Como está me vendo, assim eu fico: todinho vestido. De colete abotoado e gravata.

— ...

— Até de óculo. Só tiro o paletó. Nenhum perigo para você.

— ...

— Em troca dessa alegria lhe ofereço um prêmio. Duas notas novas.

— ...

— Quer experimentar hoje?

— Próxima vez eu resolvo.

— Por que não agora? Já está aqui. Tão fácil. Até chovendo. Mais aconchegante.

— Hoje, não.

— Você que sabe. Só não creio na tua frieza. Tudo me diz que é moça fogosa. Essa boca vermelha e carnuda. É de quem gosta. Mais uma coisa, anjo. Enquanto eu falava, o teu narizinho abria e fechava.

— ...

— Veja. Como está fremente.

— ...

— Ninguém te diz nada? O noivinho não te canta?

— Cantar, todos cantam. Eu sei me defender.

— Por que a cisma da virgindade? Se gosta dele, algum mal em deitar no sofá?

— Prefiro assim. Ele é ciumento. Sempre está brigando.

— Monstro moral. Só quer para ele. Já provou beijo de noventa segundos?

— Não contei.

— Ao teu noivo falta imaginação. Fico um dia inteiro olhando você. De joelho e mão posta. Louvando essas graças que Deus te deu. Agora um beijinho. Na boca.

Seguro o rosto, forcejo, ela resiste.

— Ah, ingrata. Que tamanho o teu pé? Isso você sabe.

— Trinta e cinco.

— Bonitinho deve ser. Aposto que sem joanete. Sabe que as moças se masturbam? Você não tem experiência? Todas têm. De noite pensa num rapaz bonito e brinca com o dedinho. Nunca fez isso?

Sem resposta.

— Teu noivo é bonito?

— Nem tanto.

— Então algum artista famoso. Deixa ler a palma da mão.

De repente muito curiosa.

— Este xis é uma boa notícia. Que não esperava.

— O quê?

— Rolar comigo no tapete.

Nem sorri.

— Você não sonha, amor?

— Todos sonham. Eu, ter o meu cantinho.

— Não é isso. De olho aberto. Visões eróticas. Em toda família...

— É tarde. Preciso ir, doutor.

— Então dá um abraço. Assim.

Envolvo-a nos braços. Ela não corresponde.

— Ai, me deixa. Beijar essa carinha mais santa.

E osculo as duas faces rosadinhas.

— Agora a tua vez.

Um furtivo beijo. Seco, unzinho só.

— Aqui o teu presente.

— Não posso, doutor.

— Sabe que toda família curitibana tradicional...

— Sou moça de princípios.

— ...tem um louquinho preso no porão?

— Cruzes, doutor.

Ó maldito Minotauro uivando e babando perdido no próprio labirinto.

— Me trate de você. Doutor já não sou. Apenas um doidinho manso. De paixão cativo.

Indecisa, morde o beicinho.

— De mim o que vai pensar?

Guarda na bolsa as duas notas. E concede o primeiro sorriso.

Uma negrinha acenando

Seis e meia da tarde, na estrada. Calça azul berrante e blusa vermelha.

— Dá uma carona, moço?

Gostou de ser chamado moço. Ela sorriu: nenhum incisivo superior.

— Suba.

Sandália velha de couro. Sem bolsa.

— De volta do emprego?

— Estou paquerando.

— Não diga. Faz isso todo dia?

— Quando não chove.

— Desde muito na vida?

— Faz um ano. Uma ruiva me trouxe. Ela também paquera.

— Quem foi o primeiro?

— Meu noivo. Queria saber se era moça.

— Ficou grávida?

— Tive um menino. Quase um aninho. Chuva ou sem chuva, são dois pacotes de leite por dia.

— Teus pais sabem?

— Pensam que trabalho de diarista.

— Como é a paquera?

— A gente faz sinal. Até que alguém para. Às vezes fica freguês.

— Aonde vão? Alguma casa?

— Que casa. No caminhão. No mato.

— Você faz tudo?

— O normal.

— Sente algum prazer?

— Difícil. Eles sempre com pressa.

— Quanto você cobra?

— Meia nota.

— Hoje foi bom?

— Não ganhei nada. Tem dia bom. Depende da sorte.

— Qual o pior dia?

— Quando chove. Ou muito frio. Cato graveto e acendo foguinho debaixo da ponte.

— E a hora pior?

— Do almoço. Daí eles não param.

— Você almoça?

— Eu, hein!

— Como você vem?

— Cedinho saímos de casa, eu e a ruiva. Andamos um bom pedaço. Medo de meus pais. Daí ficamos pedindo carona. De repente um para.

— E a volta?

— Mais custosa. Ainda se ameaça chuva.

— Já anoiteceu na estrada?

— Um par de vezes.

— Quando amanhece chovendo?

— A gente não vem.

— Qual foi o melhor dia?

— O dia que peguei sete.

— Já tenho visto na estrada essa calça azul.

— De onde o senhor é?

— Estou de passagem. Há muitas como você?

— Uma em cada curva. Muita menina. De treze e catorze anos. Dão até por amor.

— Onde?

— No matinho. Atrás da moita.

— Não engravidam?

— Lá são bobas feito eu.

— Esses dentes. O que aconteceu? Tão novinha.
— Doía o do meio. Bem aqui na frente.
— Quem te atendeu?
— O dentista do governo.
— Por que tirou os outros?
— Eu disse: "Dói aqui." E ele: *Já viu debulhar milho?* Daí arrancou os quatro.
— Chegamos. Aqui você desce.
— Até qualquer dia, moço.

O sorriso puro dessa grande festa de viver.

Foquinho vermelho

Faz quatro anos eu a conheci na boate Mil e Uma Noites. Tinha dezesseis aninhos, loira de olho azul, bem como eu gosto. Grávida não sabia de quem. Por ela fiquei perdido. Resolvi tirá-la daquele ambiente e passou a viver na minha companhia. Dei casa e comida, registrei o garoto no meu nome.

Nada lhe faltava, embora eu fosse pobre. A gente vivia, bem, eu trabalhando com o táxi, ela cuidando da casa e do menino. Começaram as brigas quando a Maria decidiu voltar para o inferninho. Eu não queria e depois ela não precisava.

Com a crise, mais difícil a vivência, me obriguei a vender o sofá e a televisão. Assim que o dinheiro acabou, Maria já não era a mesma. Aluguei um quarto na Pensão Bom Pastor, ela achou de voltar para a zona. Essa vergonha não aceitava, era minha mulher, eu gostava dela. Desprezou o meu pedido e partiu para a vida noturna. Quando o ciúme era demais, eu ficava bêbado e, na esperança que mudasse, batia nela de mão fechada.

Uma noite os vizinhos chamaram a polícia, fui parar no quinto distrito. Maria me procurou, arrependida. Ficamos juntos outra vez. Só frequentar uns dias o famoso Foquinho Vermelho e ganhava mais um pouco. Já tinha comprado o fogão e a mesa de fórmica xadrez. Eu a levava às nove da noite e ia buscar às cinco da manhã. Me roía de aflição, dividi-la com um tipo qualquer.

Aquele dia maldito passei correndo no táxi. Estive na casa de minha mãe, que chorou desgostosa, eu era bom moço e a Maria minha desgraça. Cheguei para almoçar, nem pão seco na mesa, ela bebia licor de ovo com uma colega. Riam-se dos clientes que as apertavam na dança, uns queriam beijo na boca, outros passavam a mão no seio. Achei que era demais, falarem na minha frente de outros homens. Pedi que a tal amiga fosse conversar lá fora.

Mãe do céu, por que não mordi a língua. Maria gritou que estava cansada de minha cara feia. Não via futuro com um pobre motorista de táxi. Furiosa, me tocava do quarto. Jogou no chão a minha roupa.

— Cuidado comigo, menina.

Por causa dos assaltos, ela sabia do punhal na cinta.

— Não me abuse que sou nervoso.

Até uma camisa e duas cuecas molhadas no varal foi apanhar.

— Assim não precisa mais vir. Já brigamos outras vezes. Sempre você voltou e eu aceitei. Agora nunca mais.

Juntei a roupa e uns tarecos que ela atirou. Saí chorando, eu não pintava e beijava a unha do seu pezinho? Uma dor na nuca, botei a trouxa no carro, fui para o serviço.

Lá pela meia-noite entrei no inferninho. Cansado, queria a chave do quarto e dormir um pouco. Logo vi que tinha bebido e tomado bolinha. O grande olho azul, linda no vestido vermelho de cetim e sapatinho prateado.

— Não dou as chaves.

Muito deboche e pouco caso, ria-se no dentinho de ouro.

— Não entende, ô cara? Já não quero a tua companhia. E não gosto mais de você.

Se eu insistisse me faria passar vergonha.

— Está vendo essas meninas? Escolha uma. Todas que quiser. Menos eu.

Não fosse ela, quem me espremia os cravos das costas?

— Meu único amor é você.

— Qual é a tua, cara? Já não te conheço. Para mim nunca existiu.

Soberba de perna cruzada no sofá, eu de croque ali a seus pés.

— Volte, Maria. Não me deixe fazer um crime. Pense no teu filho.

Não precisava me humilhar na frente do garçom, das bailarinas, da gorducha tia Olga, do velhinho que bebia cerveja no balcão.

— É a última vez que te peço.

Mandou que comprasse cigarro. Quando voltei, já estava fumando. Soprou na minha cara a fumaça:

— Agora vá até o cemitério, João. E procure um túmulo para chorar.

— Não seja ingrata, amor.

— Faça de conta que sou eu. Já morri para você.

Fiquei de pé, saquei do punhal. Um golpe, outro, mais outro. Sem um grito, ela caiu, derrubou copos e garrafas ali na mesa. Pronto se calam as vozes.

— Me acuda, João.

Ainda conseguiu se levantar. Cambaleou três passos na direção do banheiro. De frente, enfiei o punhal. Mais fundo e de baixo para cima. Ela me abraçou:

— Não me mate que eu volto.

Molhado de sangue o peitinho branco. Estendeu a mão esquerda, as bijuterias buliram no pulso:

— Me leve para casa.

Arrastou-se ali a meus pés.

— Agora é tarde. Você tem que morrer.

Caiu de lado numa poça de sangue.

— Tua casa é o inferno, querida.

Bufando, a gorda cafetina me empurrou, ergueu-lhe a cabeça:

— Ritinha.

Na boate esse o nome. Gemeu baixinho. Perdido um sapato, perna dobrada, mostrava a calcinha de malha amarela.

— Me responda, Ritinha.

Ritinha suspirou, virou o branco do olho, botou sangue pela boca.

As mulheres tinham se encolhido nos cantos. O velhinho bem quieto no balcão. Ninguém se mexia.

Punhal na mão, apanhei as chaves. Tonto, fui contra a parede, quase caí.

— Corto o primeiro que se chegar.

Lá fora corri até a esquina. Antes de subir no táxi, olhei para trás. O garçom parou com os braços abertos no meio da rua.

Este livro foi composto na tipologia
Minion Pro Regular, em corpo 13/19, e impresso
em papel off-set 90g/m² no Sistema Digital Instant
Duplex da Divisão Gráfica da Distribuidora Record.